De perros
y otras maldiciones

Por: Marlon Canu

DEDICATORIA

A todas las personas que se fueron de este mundo de una
forma injusta e impune y a todas sus familias que aún no saben
que fue de ellos.

CR863.7

C235d   Canu, Marlon

                De perros y otras maldiciones / Marlon Canu. Heredia, Costa Rica: Sin
                publicador, 2021

                171 páginas.

                ISBN 978-9968-49-663-6

        1.   LITERATURA COSTARRICENSE – NOVELA. 2. NOVELA COSTARRICENSE.
                I. Título.

CONTENIDO

AGRADECIMIENTOS

A usted por tomarse el tiempo de leer esta obra y a las personas que con sus comentarios me ayudaron a corregir y enfocar mejor la forma de iniciar esta aventura.

BEODO

Desde las 7 de la noche, Eric, Michael, Joseph, Carmen y una muchacha nueva en el grupo, llamada Nicole, llegaron al bar Alcatraz, un bar de mala muerte ubicado en San Rafael de Heredia, carretera a Concepción. Cualquier persona del lugar sabe dónde queda, ya son como 3 generaciones de alcohólicos que han filosofado sobre deportes, malos gobiernos y parejas tóxicas en ese lugar. Ellos se tuvieron que sentar en la parte derecha del salón que está frente a la barra desde la entrada, justo en la mesa que está más cerca del baño de hombres, la cual tuvieron que unir con otra para que todos estuvieran juntos en la tomada, -cualquiera sabe que un viernes a esa hora es muy difícil escoger mesa-, pero ninguno de ellos es delicado y vinieron a matar la noche y una buena parte del salario, con la cerveza barata y uno que otro shot de algún licor de colores, esos nuevos que Carlos, el dueño, había empezado a vender para atraer jóvenes y no a tanto borracho sin dinero, que era la clientela habitual desde que su padre había abierto, hacía ya 38 años.

Michael y Joseph se sentaron juntos, al lado de la ventana que da hacia una especie de parqueo al lado de la entrada al bar, frente a ellos se sentaron Eric y Nicole; Nicole del lado de la ventana y a la par de Eric, también estaba Carmen -al frente-, ella se puso de forma lateral para que no la estuviesen golpeando los tambaleantes borrachos que iban al baño, quienes no dudaban en quedársele viendo al salir, probablemente por eso que dicen del licor que embellece a la más fea y desinhibe al más cobarde, Carmen no era fea, una morena de Puntarenas, risada, un poco gruesa, aunque sus 1.73 cms (5´7") de estatura sí intimidaban a más de uno, pero no en Alcatraz, donde ha sido cliente frecuente, desde que se vino a vivir a Getsemaní (cerca de la zona) y ya era una cara conocida, como la mayoría de personas presentes esa noche.

Ninguno era problemático -al menos tomando-, Michael sin licor era introvertido, callado y muy mirón, siempre parecía que quería decir algo o que tenía ganas de saludar a algún desconocido, así era su personalidad sin licor, la cual cambiaba cuando tomaba, evitaba contacto visual con sus amigos y definitivamente, hablaba más de la cuenta después de unos 40 minutos de haber probado el primer trago, algo gracioso para sus conocidos, no tanto así para las mujeres que no sabían cómo alejarlo; por esta razón, Michael siempre terminaba metido en algún problema con algún celoso del bar.

Joseph, primo de Michael, era muy estable, en cualquier lado que se encontrase, no tan social, pero muy apuntado a cualquier cosa que su primo lo invitase a ir, quien normalmente era la razón por la cual Joseph aparecía.

Eric era el chistoso, el de las bromas y comentarios que hacían explotar en carcajadas, incluso a gente que no conocía, era el galán del grupo, no tanto por su apariencia normal para un hombre de 33 años, sino por su personalidad, sabía escuchar y responder, lo cual él hacía con sarcasmo, sumándole un tono de comedia; Nicole, su compañera de trabajo, era su más reciente conquista, luego de haber sido abandonado por su exnovia Isabel, quien después de 5 años de relación, simplemente, lo terminó por medio de un mensaje de texto, de esta ruptura hacía 4 años.

Estas 5 personas, sentadas disfrutando de la música de los 80s en un bar lleno, un viernes por la noche, no son nada excepcionales, menos aún durante las primeras horas, cuando el licor solo da para los recuerdos y eventos de la semana como temas en la mesa de tragos, lo cual varía conforme las botellas de cerveza vacías empiezan a acumularse en medio de ellos y las carcajadas empáticas de Nicole, al escuchar a Eric, se convierten en la razón por la cual la gente, ajena a la mesa cerca del baño, vuelve a ver y sonríen. La verdad, la típica reunión de amigos que se organizan para eliminar estrés y que cualquiera podría disfrutar, siendo ese momento de lejos y por mucho de imaginar, que en esa noche todo terminaría en una terrible tragedia, pero así fue.

A eso de las 9:14 pm, mientras sonaba un clásico del rock, -canción que parecía haber sido elegida para el momento-, por la puerta abatible del bar (puerta doble tipo viejo oeste) puesta por Carlos, el dueño, en otra idea de atraer a los ganaderos de las partes altas de San Rafael, entró un tipo corpulento, quizás de 1 metro y 75 centímetros, pelo largo, por lo hombros (puesto atrás de las orejas), con una mezclilla negra, y una jacket tipo militar, gris oscura o café oscuro (las luces bajas del bar no permitían ver bien el color), y unas botas viejas de cuero, no de vaquero, sino de esas que se usan para trabajos pesados, eran altas y llamativas. El tipo tenía una barba como de otra generación, de esas que usaban los Hippies en los años 60s, puntiaguda y frondosa a los lados, sus cejas le daban un rostro poco amistoso y lo blanco de su piel, sumado a unos ojos cafés, no miel, más bien rojizos, los cuales eran bañados por las luces negras, que iluminaban la barra del bar, hicieron que su llegada llamara la atención de la gente, principalmente de las mujeres, quienes entre miedo y atracción, golpeaban el hombro de sus parejas señalando al personaje; mismo que se dirigió a la barra donde habitualmente está Carlos atendiendo, tomó una silla alta de uno de los borrachos que andaban en el baño y se sentó ahí; extrañamente Carlos, con cara de angustia lo vio entrar, se acercó a él con un vaso de agua y se lo puso en la barra, muy cerca de donde este tipo había colocado los antebrazos, quien al notar el gesto se quedó viendo directamente a los ojos de Carlos sin parpadear, y de un bolsillo interno en el pecho de su camisa sacó 3 monedas de plata (al menos eso parecían) y las puso en la barra, Carlos con su mano derecha hizo un gesto negativo como dando a entender que no las aceptaba, por lo que éste las tomó nuevamente y las colocó en su bolsillo de vuelta.

Rápidamente, este hombre extraño empezó a ser ignorado por el ambiente del bar, que con risas y murmullos, sumado a la música que empezó a camuflar aquella presencia, aunque unas cuantas personas, entre ellas Carmen, no podían ignorarlo y lo demostraban volteando sin disimulo, cosa que no le importó en lo absoluto al hombre, quien con su mano izquierda sujetaba el vaso con agua, golpeándolo con su dedo índice, mientras dirigía su mirada perdidamente hacia el piso entre la barra y su pecho, parecía que estaba pensado o escuchando, pero nunca volvió a ver a nadie hasta que el dueño de la silla apareció.

- "Amigo, creo que esa silla es mía".

Sin verlo ni una sola vez, responde: "Nunca fue tu silla, Diana está sola llorando y suplicando para que no le pase nada a usted, mejor váyase y arregle todo".

Como no le podía definir el rostro por la posición que este hombre siniestro tenía, el borracho lo tomó del hombro pensando que era un conocido, porque Diana es el nombre de su madre, mientras decía "¿Quién es?" Quedó petrificado al contacto, como si hubiese tocado un recuerdo doloroso que aún no había vivido.

Carlos y dos personas, que estaban cerca, pudieron ver lo que estaba pasando, pero no entendieron mucho, ni por qué este borracho que andaba en el baño pidió la cuenta, mientras en su rostro se mostraba una sonrisa invertida, como cuando alguien se esfuerza por no llorar, sin paciencia no esperó la cuenta y puso dinero suficiente en la barra para cubrir lo que había consumido y sin esperar el cambio caminó tambaleándose hacia la puerta del bar, donde rápidamente se desapareció. Este hombre barbudo y ahora siniestro, siguió sosteniendo su postura y jugando con el vaso, mientras Carlos, el dueño, se dirigió a él con estas palabras:

- "Vieras que buen ceviche mi amigo, o el caldo de pollo, lo que desee con mucho gusto, va por cuenta de la casa".

El hombre solamente movió su cabeza de forma negativa y dijo: "No gracias, no vine a comer".

Ya para ese momento eran casi las 10:00 pm, y en la mesa que está por los baños de los hombres, Eric acababa de soltar un chiste sobre una cumbre de mujeres feministas y Carmen, con su antebrazo, golpea el hombro de Eric diciéndole: "No sea idiota, qué clase de crueldad Eric".

Eric: "Entonces, ¿por qué se ríe?"

Carmen: "¡porque estoy hasta el culo, creo!", mientras soltaba una carcajada.

Nicole al oído de Eric: "ya me quiero ir, mañana toca trabajar, recuerde".

Eric retomando posición y queriendo hacer otro chiste de la reacción: "¡Ya ven! ¡Nadie me tiene ofendiendo a las mujeres! ¡Voy saliendo!"

Joseph: "Es tempranísimo y vean a Michael, no le ha dado por ir a conquistar mujeres aún". Haciendo que los demás se rían, porque saben a qué se refiere.

Eric, mientras abraza a Nicole, le hace un guiño a Michael y otro a Joseph dice: "Yo ya me voy a ir…"

Michael: "Carmen solo hacerme ojitos y yo que me la quiero comer", mientras se quedan callados por un instante y regresan a la despedida de Eric, quien se levanta y se dirige donde Carlos a pagar la cuenta de ambos (Nicole y suya), ahí Carlos, mientras ve su reloj de pulsera le dice a Eric:

"¡Diay, lo guardan temprano hoy! Así no me sirven los clientes, yo ocupo que salgan gateando de aquí".

Eric: "Tire unos billetes de aquí a la salida y de fijo le salgo gateando", se carcajea.

Carlos: "Ya ni para rifar la canasta de botellas de licor me da este negocio, voy a ver si me pongo a estudiar para astronauta, dicen que eso deja más plata que un bar".

Eric: "¡Qué hablada, deje de tomarse las ganancias, astronauta!", mientras revienta con otra carcajada al aire. Le llama la atención el hombre barbudo junto a él y agrega:

"Y a este señor

¿qué le paso? ¿Lo dejó la esposa? Bueno, tiene cara de que la esposa lo intentó envenenar con la cena". Siempre con la mirada puesta en el hombre siniestro sentado en la barra, mientras este parecía escucharlo, pero sin mostrar ningún tipo de interés en responder o siquiera voltear a ver. Eric voltea a ver a Carlos y le hace un gesto de duda, a lo cual Carlos responde de la misma forma levantando los hombros y las cejas. Eric con la intención de sacarle al menos una palabra le dice, con un tono bajo, acercándosele al oído:

"Las cosas siempre mejoran, normalmente, lugares así son el fondo cuando uno viene triste a tomar", según él estaba dando una especie de consejo, cuando le suma a sus palabras una palmada de apoyo en la espalda del hombre y al tocarlo, sintió como si hubiese tocado un cadáver en la oscuridad o besado un fantasma (un terror pesado), pero esta sensación le fue instantánea y muy breve, cuando de repente como si estuviese teniendo una pesadilla allí mismo y de pie, pudo ver a Isabel, su exnovia, en el futuro, y sabe que es en el futuro, porque la puede reconocer, pero está anciana, arriba de los 80 años, está en un féretro acostada y él se encuentra en el velorio de ella, y es que su mente ya no puede discernir que él se encuentra en el bar tocando la espalda de este ser, porque lo que ve es muy real y continúa viendo a Isabel anciana y muerta. En su corazón explotan muchos recuerdos que para ese momento nunca había vivido, pero se lo parten cada vez más conforme llegan a su mente. Observa sus propias manos, tocando el rostro de ella y también las ve envejecidas, él revive en segundos el gran amor que siente por ella y le habla a ese cuerpo inerte diciéndole, mientras sigue tocando su rostro y cabello blanco:

"Mi amor, te amo, gracias por todos los años que me diste y nuestros hijos, eres el amor de mi vida, machita, pronto espero alcanzarte y pedirte que por favor nos volvamos a casar, eres mi motivo y de verdad viviría mi vida muchas veces si es a tu lado".

De repente, en esa misma visión, estando acostada en el ataúd, Isabel abre sus ojos, lo cual hace que Eric brinque sorprendido, y el rostro de ella empieza a rejuvenecer, y en el mundo real, él sigue ahí, en el bar metido en su propia mente, y sonríe mientras aquel féretro donde estaba el cuerpo se transforma en una cama matrimonial y ella ahora desnuda, sonriente y sensual se toca el vientre, el cual empieza a inflarse como si estuviese teniendo un embarazo acelerado, despertando la reacción forjada de Eric, que con un grito entierra su mano por la vagina de la joven Isabel y saca de ahí un pequeño feto, mientras ella grita de dolor y se le deforma el rostro como si se hiciese líquido, como si su alma fuese destruida, cuando él retira de ella a su hijo que aún es un feto. Las manos de Eric, muy ensangrentadas, ven como aquel niño no nato, que ha tomado, se convierte en un teléfono móvil -del cual sale sangre por las bocinas-, mientras en su pantalla, llega el mensaje de Isabel (quien ya no está en la visión que está teniendo) y este dice:

- "Eric, no puedo volver a verte después de lo que me convenciste hacer, lo nuestro se terminó en el mismo momento que se terminó la vida del fruto de nuestro amor".

Y el alivio que Eric sintió 4 años atrás cuando leyó lo mismo por primera vez, se convirtió en una daga clavada en su conciencia y corazón desde ese preciso instante, que para los ojos de Carlos, quien estaba frente al siniestro barbudo, habían pasado escasos 3 segundos, los cuales terminaron con un lamento desgarrador por parte de aquel hombre que estalló en llanto y corrió hacia el baño de hombres, algo muy extraño para sus amigos, claramente sorprendidos al ver al más feliz del grupo, en ese estado pasando junto a ellos sin voltearlos a ver.

Michael y Joseph lo siguen al baño rápidamente a averiguar qué le ocurrió, ahí estaba Eric, como loco en medio de un ataque de ansiedad, marcando el número de teléfono de Isabel, que recordaba, pero ya no funcionaba, y es que el último mensaje de esta relación lo envió ella y fue el que Eric leyó en su trance, él nunca le contó a nadie lo que este decía o lo que había pasado entre ellos, pero sí su versión, donde siendo él la víctima e Isabel la cruel por terminar con todo de esa forma. En su desesperación, le pide a Michael que le consiga el número de ella, y ellos (Michael y Joseph) no logran entender qué pasa o por qué, pero le ayudan y finalmente, Michael consigue el número actual de Isabel e inmediatamente, la llama (a esas horas de la noche), increíblemente ella responde, sin saber que es Eric quien ha marcado y éste llorando empieza la conversación telefónica así:

Eric: "Isabel, por favor, perdóneme, se lo suplico, necesito que me perdone".

Isabel: "¡Hola! ¿Quién me habla? ¿Eric?"

Eric: "Soy yo sí, por favor, estoy muy arrepentido, le suplico que me perdone".

Isabel: "¿Está borracho? ¿Qué está pasando Eric?"

Eric: "No sabía quién era usted en mi vida, me pasó algo y hasta este momento caí en conciencia que usted es el amor de mi vida".

Isabel: "Yo a usted ya lo perdoné Eric, también pude perdonarme a mí misma, necesitaba encontrar la paz".

Eric: "Necesito verla, necesito abrazarla, necesito que

volvamos".

Isabel: "Yo dejé de esperar esta llamada desde hace mucho tiempo, hubo momentos donde quise llamarlo y pedirle explicaciones de cómo hizo para alejarse de mí tan fácilmente, después de todo lo que habíamos jurado y vivido, y es que lo amaba tanto que le hice caso y permití que matáramos a nuestro hijo. Haber interrumpido ese embarazo ha sido mi gran error, el cual arrastraré por el resto de mi vida. De verdad, Eric, lo he perdonado y no se preocupe sigue siendo nuestro peor secreto, a nadie le conté nunca si es eso lo que le preocupa".

Eric: "Necesito que volvamos, sé que ha pasado mucho tiempo, pero estaba como apagado, no sabía lo que hacía", decía con voz desesperada y llorosa.

Isabel: "Un año después de ese día, quedé embarazada, mi hija tiene 3 añitos ya, le hablo de su hermanito que está en el cielo, cuando pienso en eso, para intentar asimilarlo, y es que yo ya hice mi vida, Eric. Solo sepa que lo perdoné, por lo de nuestro hijo, lo perdoné por no entenderme cuando me deprimí y por nunca más buscarme, a pesar de que soy consciente de que fui yo quien pidió terminar, pero más que eso yo buscaba afecto, repararme, pero ya lo logré, fue lo mejor; creo, aunque siempre pensé que terminaría mis días contigo allá en la vejez, pero ahora estoy segura de que no será así".

Sin dignidad y sin aire para poder despedirse, Eric terminó la llamada abruptamente y se dirigió donde Carlos a la barra, como buscando consuelo, acercándose con mucha cautela, alejado del misterioso hombre barbudo, que seguía conservando la misma postura desde que llegó. Le pidió a Carlos una botella de un litro de Guaro de Caña y se fue, ignorando a Nicole, quien lo siguió con reclamos hasta las afueras del bar Alcatraz.

Carmen, Michael y Joseph atónitos, se quedaron en la misma mesa para luego empezar a hablar sobre lo que acaba de pasar con Eric y especulando del porqué de esa retirada tan dramática.

Carmen ansiosa de conocimiento y muy poco después, se fue para donde estaba Carlos, a la barra y le preguntó a éste por Eric, quien de forma medio graciosa le respondió:

- "Parece que vio un fantasma, pero uno bien feo, porque vieras la cara que hizo cuando vino a pagar".

Curiosamente Carlos, aunque estaba cauteloso con el misterioso hombre barbudo, aún no había asociado los eventos (el de Eric y el del borracho, que estaba sentado en la silla antes que este) y aunque desde que llegó, tenía la sensación de haberlo visto, no quería pedirle que se fuera (a pesar de que había estado ahí sin consumir ni siquiera el agua) sin antes poder recordarlo, ya que había tenido muchos altercados en el pasado y no podía saber aun si este personaje había protagonizado alguno, estaba tratando de recordar, y preocupado, pero a la vez curioso.

La misma curiosidad invadía a Carmen, que ya estando junto al hombre, lo intentó detallar más, pero solo logró sentirse aún más curiosa y como este seguía sin levantar el rostro, ella soltó un "Hola" y por primera vez, él levanto la mirada, la volvió a ver fijamente y ella con curiosidad le preguntó:

- "¿Es de por aquí usted?"

Y seguramente por los efectos de las 7 cervezas y los dos shots de tequila barata soltó otra pregunta inmediatamente:

- "¿Y tiene nombre el hombre lobo?"

Y este hombre con una sonrisa un poco seca le dijo:

- "Probablemente tiene uno, pero ya no lo usa".

Ella acercando su mano rápidamente a la rodilla derecha de él, la cual daba hacia el cuerpo de ella y luego tocándola con su mano de mujer grande, le vuelve a decir:

- "¿Qué hay que hacer para saberlo?"

Y él tomando su mano y apartándola le dice:

- "Ser una mierda como sus amigos Michael y Joseph".

Ella confundida y un poco molesta voltea hacia donde están ellos, y con un lenguaje corporal un poco masculino, tosco y tambaleante, se retira hacia la mesa de donde vino, sin decir nada, junto a ellos y sin sentarse les dice:

- "Esa criatura de la barra parece que los conoce, idiotas".

Michael: "¿Cómo que nos conoce? ¿Dijo algo mío?"

Carmen: "Si su nombre es suficiente, entonces sí".

Joseph: "Esperemos mejor Michael, déjelo así, con esa facha, fijo anda armado".

Michael: "¿Esperar que?" Yo ando tranquilo y no creo que sea algo malo, pero "¿qué fue lo que dijo?"

Carmen: "De verdad nada, solo parece que los conoce, porque sabe sus nombres".

Michael se levanta y hace a caminar rumbo a la barra, pero pronto se agarra la entrepierna y se devuelve con dirección al baño, como dándose cuenta de que tiene una necesidad. Ya adentro, mientras orina, se queda viendo a sí mismo directamente a los ojos en un espejo alargado que puso Carlos a metro cincuenta de altura, justo sobre el orinal hecho de piso para que los borrachos se vean mientras orinan, lo hizo porque leyó en internet que la gente cuando se ve, mientras están ebrios, se quedan quietos observándose como si fuesen extraños de sí mismos, lo puso buscando una solución a los charcos de orina que tiene que limpiar cada noche antes de irse, y en Michael sí funciona, a quien le llegan a su mente imágenes, inventadas por él mismo, de Carmen desnuda y se convence a sí mismo que hoy debe tener sexo con ella, comportamiento muy normal en él cuando está tomado, no el hecho de decirle o intentar insinuársele a Carmen, ya que nunca lo ha hecho antes, sino el hecho de pensar en tener sexo con alguna mujer cuando está borracho, la que sea.

Sale, ve directamente a Carmen cuando siente la mirada penetrante del hombre de barba que está en la barra, quien al percatarse que salió del baño, se giró y con la cabeza un poco baja, lo mira directamente sin pestañear. Carmen y Joseph no se dan cuenta de la mirada hasta el momento que ven a Michael seguir camino hacia la barra y acercarse al hombre. Estando cerca, Carlos, el dueño, camina hacia la parte lateral de la barra, que es por donde se sale de ahí hacia el salón donde consumen los clientes y pensando en que probablemente Michael o este hombre van a causar problemas, toma un bastón policial, que había comprado de segunda por internet y se prepara, por aquello que empiece alguna pelea, estaba casi seguro de que aquel hombre barbudo había llegado por algo así.

Michael toma valor, gracias al licor, obviamente y levanta su cabeza varias veces, como preguntando y sin decirle palabras al hombre barbudo, quien rápidamente se pone de pie; Carlos está atrás de la situación, pero del mismo lado de la barra en que ambos tipos se encuentran, hace un movimiento rápido como intentando sujetar al hombre barbudo, pero sin siquiera tocarlo, este lo vuelve a ver de reojo por encima del hombro, Carlos se asusta y queda congelado ante lo que vaya a pasar. Michael levanta su mano en movimiento lento (típico de alguien borracho) para sujetar al tipo del cuello, pero éste toma su mano antes y la baja hacia la cintura de Michael, rápidamente acerca su boca al oído derecho de Michael y le murmura algo. Aleja su cara del costado de la de Michael, mientras jala aún más la mano que tenía sujeta y la suelta con fuerza, corre un poco la silla alta hacia la barra y se dirige con paso firme hacia la salida. Michael lo sigue con la mirada y sus gestos visiblemente consternados. El hombre barbudo se pierde en la distancia, desapareciendo de lo poco que deja ver la puerta abatible doble, tipo viejo oeste del bar Alcatraz.

Carlos también había quedado atento a la situación en la misma posición donde quedó congelado. Joseph y Carmen, desde la ventana de donde estaban sentados, siguieron con la vista a las afueras, viendo al hombre caminar a la distancia, mientras se alejaba. Había muchas personas en el bar para cuando eso ocurre, pero la mayoría estaba en sus cosas, ignorando ese pequeño preludio al desastre.

Michael toma asiento en la mesa, se coloca esta vez al frente de su primo Joseph, con su mente trastornada, por lo que creyó escuchar del tipo de barba, de donde solo salen estallidos de angustia que se manifestaban con un tic nervioso en el ojo izquierdo, mientras mueve sus labios como intentando besar sus propias mejillas. Los pensamientos sobre Carmen, que había tenido en el baño, parece que se desvanecieron, solo quiere decirle algo a su primo, pero la presencia de ella a su lado se lo impide, por lo que en un pequeño momento de claridad Michael le dice a Joseph:

- "Tenemos que irnos ya". Dialogan brevemente:

Joseph: "'Michael, ¿qué fue lo que le dijo?'".

Carmen: "Mejor vámonos, me huele mal esto, yo los voy a dejar" (era la única del grupo que tenía carro).

Michael: "Mejor váyase sola, nosotros vamos a ir a otro lugar primero".

Joseph: "¿Cómo? ¿Cómo?"

Michael: "No sea necio y usted tampoco Carmen, váyase sola, luego le explicamos".

Carmen: "No me hable así idiota, si están metidos en algo raro o les va a pasar algo, ¿por qué no llaman a la policía?"

Michael: "En serio, no sé qué hacer para que entienda que nos deje en paz en este momento, ocupamos irnos nosotros dos ya".

Joseph: "Me está asustando".

Michael: "¡Vámonos, necio!".

Carmen: "¡Par de malnacidos! ¡Me largo entonces!"

Carmen se levanta y va a pagar a la barra. Michael se queda revisando las afueras del bar desde la ventana. Luego de que ella se va, unos 10 minutos después y sin haber dado aún una explicación a Joseph, Michael paga la cuenta de ambos y salen del bar.

El bar Alcatraz, como casi todo en la zona, se encuentra entre cafetales o terrenos grandes, normalmente, el clima es frío por la altura de las montañas de Heredia, que es precisamente donde queda Concepción de San Rafael. La carretera principal, donde se ubica el bar, es una carretera nacional que comunica San Rafael con San Isidro, pero justo frente al bar hay una calle angosta que lleva a un atajo hacia la zona central del cantón, reduciendo prácticamente el recorrido a la mitad si se comparase con la carretera principal, es por ésta donde ellos deciden irse caminando, no es una calle totalmente sola, porque hay algunas casas en las fincas que la bordean. Del centro, hacia el sur, está el cementerio, 50 metros antes es donde vive Joseph, en unos apartamentos y es para ahí donde se dirigen a hablar.

Contando unos 15 minutos desde que iniciaron el camino, Joseph continúa indagando a su primo, pero éste se reúsa a decirle lo que el hombre barbudo le dijo, le responde que lo hará en el apartamento, quiere asegurarse que nadie los escuchará. Mantienen el paso acelerado, algo que normalmente hacen cuando caminan de noche por la zona, para evitar ser asaltados. Pero justo antes de volverse a unir con la carretera principal, al subir la última cuesta, hay una curva antes de un puente viejo. Precisamente ahí, Joseph vuelve a ver hacia atrás y a unos 50 metros, debajo de la luz de un poste eléctrico, viene caminado con las manos metidas en los bolsillos y con un paso bastante acelerado el hombre misterioso de la barba hippie, su cara es la misma que hizo cuando miró a Michael, al salir del baño del bar, aunque esta vez se nota mucho más molesto, porque sus dientes se pueden ver. Y como si pudieran oler la maldad y la calamidad, se escuchan muchos ladridos de perros, cercanos y lejanos, algunos aullando y dando un terrible sonido de fondo al ambiente tétrico del lugar donde están siendo perseguidos.

Joseph, pasmado, toca el hombro de Michael y le grita que corran, más por miedo que por desesperación (aunque había una mezcla de ambas cosas en su sonido torácico), Michael vuelve a ver a Joseph e inmediatamente, al fondo del lugar y también observa al hombre acercarse, pero cuando él lo ve, éste ya viene corriendo y prácticamente, lo tienen a unos 30 metros. Joseph parece tener más condición física, porque emprende una carrera de velocidad sin mirar atrás, cruza el puente y empieza a subir muy rápidamente la cuesta. Michael, por su cansancio, toma unas piedras del suelo y gritando decide detenerse a enfrentarlo, cuando esto ocurre, Joseph ya está prácticamente sobre la carretera principal y es aquí donde no puede más, se detiene y observa a su primo, quien, en ese instante, lanza la primera piedra a este hombre, el cual estando casi a unos 5 metros y de una forma totalmente sobrenatural se levanta en un salto de unos 3 metros de altura y cae sobre él, derribándolo. Michael queda en el suelo, mientras éste ser se posiciona encima de su torso, presionándolo con su antebrazo sobre el cuello; de su costado, saca una cadena de perro, que tiene una especie de aguijón de metal, Michael se intenta sacudir, mientras le grita a Joseph que lo ayude, quien a lo lejos hace a devolverse, pero se arrepiente, se agarra el pelo con ambas manos, busca a sus lados algo con lo que pueda atacar aquello que ya no parece un ser humano, quien toma el aguijón y mientras recita las palabras *"Odium Humani generis quia de purgamentum est similis tui"*, empieza a clavarlo justo al lado izquierdo, bajo del esternón, encima de la ubicación del corazón, lo hace lentamente, corta la respiración de Michael, presionando aun con más fuerza su cuello, lo observa de cerca casi como oliendo su respiración, sigue repitiendo esa frase en latín cada vez con un tono más bajo, hasta que poco a poco, Michael empieza a perder su mirada en el cielo nublado, como si se fuese dentro de sí.

Joseph no entiende muy bien lo que pasó, pero cuando ve que el tipo se levanta de encima de Michael y queda totalmente inmóvil, sabe que pronto será la siguiente víctima, por lo que emprende la huida hacia el centro de San Isidro, corriendo a más no poder, haciendo que el sonido de sus pisadas, sumado a la gran cantidad de perros ladrando, opaquen la poca voz que logra emitir al intentar pedir ayuda. No ve la distancia que hay entre el hombre y él, pero sabe que lo persigue, porque cada tanto voltea a verlo y está detrás, corriendo un poco inclinado hacia adelante con los hombros levantados y cerca de él.

Casi llegando al centro, justo en la esquina norte de la iglesia, ve que en la entrada principal de la misma hay un señora mayor, con ropas de hábito (vestido católico que usan muchas mujeres mayores fieles a la religión) y casi sin ningún aliento, le levanta la mano, mientras corre mucho más lento, como dando saltos hacia ella, rápidamente ella entiende que Joseph está en problemas y le dice que entre a la iglesia, la puerta principal está entre abierta, claramente, la señora salió de ahí llamada por la bulla que se aproximaba a lo lejos. Joseph, muy asustado, ingresa a la iglesia y la señora atrás de él lo alcanza, ya adentro, este cae sentado en la primera banca del salón principal, ahí muy agitado dice:

- "¡Señora! ¡Tiene que ayudarme! Creo que acaban de matar a mi primo y me están siguiendo".

Señora: "¿Que dices muchacho?"

Joseph busca en sus bolsillos su teléfono, sin darse cuenta de que lo dejó perdido cuando corría: "hay que llamar a la policía, por favor llámela o présteme su teléfono".

Señora: "¡Yo no uso eso muchacho, cuénteme qué es lo que pasa!".

Joseph: "¡Señora, que me quieren matar!".

Cuando dijo esto se escuchó un golpe a la puerta de la iglesia seguido de un grito, el hombre barbudo gritando:

- "¡Sáquelo! ¡No se meta en este asunto!".

La señora, con mirada resignada, le dice a Joseph, mientras ve la puerta de la iglesia desde el lugar donde están ambos sentados:

- "¡Ay muchacho! ¿Qué hiciste?".

Joseph: "¡En serio, nada! Por favor, ayúdeme, llamemos a la policía, ese hombre es peligroso y anda un arma, ayúdeme, por Dios, ayúdeme". Todo lo decía casi llorando y sujetando la mano de la señora como en súplica.

La señora vuelve a ver la mano de Joseph, con la que él la tomó y le dice:

- "No, muchacho algo hiciste, eso que está ahí afuera ya no es un hombre, es un Jagter y si te sigue es porque su amo pidió tu cabeza".

Cuando termina de decir esto, este llamado Jagter logra abrir en parte la puerta y se asoma, para lo cual la señora lo enfrenta y tomando una postura de escudo para con Joseph le grita:

- "¡No puedes entrar aquí Jagter y menos matar a un perdonado!".

Ella toma algo de uno de los bolsillos que el vestido tiene -como en el vientre- y rápidamente lo pone en la frente de Joseph, quien se desvanece desmayado, mientras el Jagter le grita a la anciana mujer:

- "¡Maldita seas bruja!".

Y como si fuese un relámpago, el Jagter desapareció, mientras la puerta de la iglesia fue cerrada con gran fuerza, como si algo invisible la hubiese pateado desde adentro.

OBSESO

A las 9:04 de la mañana, de un sábado caluroso, Joseph, se encuentra acostado en su cama, totalmente dormido, sin cobijas, boca arriba, con la misma ropa con la que fue al bar Alcatraz el día anterior, incluso tiene sus tenis puestas, su rostro lleno de sudor de un aparente sueño que le provoca ansias o malestar, porque murmura el nombre de su primo Michael, mientras mueve la cabeza de un lado a otro como negando alguna situación; ello cambia abruptamente al abrir los ojos, sentarse rápidamente, apoyarse con los brazos hacia atrás, mientras respira como tomando aire desesperadamente y fijando sus ojos hacia el cielo raso manchado por la humedad, hace cara como si aún estuviese viendo aquello que lo inquietaba en el sueño.

Mira a su alrededor y se encuentra confundido, no tiene idea de cómo regresó a su apartamento, mismo que se encuentra 50 metros al norte de la entrada principal del cementerio de San Isidro, donde no hay más de una habitación, con sala, un baño y una pequeña cocina, perfectos para parejas o individuos en una situación similar a la del joven Joseph, que para ese momento tiene 28 años de vida.

Se incorpora y camina hacia el baño, mismo que está entre la sala y la habitación, y mientras se lava la cara se queda extrañado y perdido viendo su rostro en un pequeño espejo que está sobre el lavatorio, al notar que tiene una mancha en su frente, que no se quita con el agua, la detalla y se da cuenta que es como una pequeña cicatriz de una quemadura, que sale como a dos centímetros hacia arriba de la parte media de sus cejas y lo que más le sorprende es que parece ser vieja, curada, queda aún más consternado al no tener idea o recuerdo de cuando la obtuvo, ya que parece que no fue hace poco; el agua fría lo termina de despertar, rápidamente dirige su atención hacia sus piernas que le empiezan a irradiar un dolor mudo, principalmente en sus pantorrillas y parte trasera de sus rodillas (las corvas), dolor que lo hace inclinarse para darse un pequeño masaje, posición que activa un nuevo dolor en la parte baja de sus omoplatos, como si hubiese nadado por días, queda más intrigado, porque no tiene recuerdos claros de lo que pasó la noche anterior, solo recuerda haber ido al bar Alcatraz y vagamente, revive a su amigo Eric llorando en el baño de ese bar, mientras pedía el teléfono de su exnovia Isabel, cosa que le trajo al rostro una sonrisa, mientras se dijo a sí mismo: "¿Qué putas nos tomamos anoche?".

Sale del baño y se sienta en un viejo sillón azul oscuro, en forma de ele, que le habían regalado un año atrás, nuevamente, se acaricia las piernas, ve hacia abajo y nota que sus tenis están bastante dañados; su hígado escupe de su boca la palabra "mierda", ya que las había estrenado hace menos de un mes y para un asalariado, sin profesión o estudios universitarios, representaban una fuerte inversión. Inmediatamente, busca en sus bolsillos su teléfono celular, para llamar a su primo Michael e intentar obtener más información de qué había pasado la noche anterior, cuando de forma explosiva cae en su mente la voz de una señora mayor, de un tono dulce y protector diciéndole:

- "¡Yo no uso eso muchacho! Cuénteme, ¿qué es lo que pasa?"

Seguido a este repentino recuerdo, un escalofrío le nace en la parte media de la espalda, a la misma altura de uno de sus dolores y le termina en la cara, mientras sus brazos se erizan y su rostro se empalidece, se levanta y corre a la habitación, busca su teléfono móvil, incluso debajo de la cama, sale de la habitación echa una ojeada rápida a la sala, camina hacia la cocina, ve el cargador del mismo conectado con el cable puesto sobre su refrigerador, se tira al piso y busca debajo de una pequeña mesa blanca de plástico que tiene ahí, justamente ahí abajo con el mismo tono de oscuridad y como un disparo en la cabeza llega otro recuerdo de él mismo gritando:

- ¡Señora, que me quieren matar!

Cosa que lo hace acostarse sobre el piso del lugar donde estaba agachado y recibir una lluvia de recuerdos borrosos, entre los cuales ve a un hombre barbudo tras ellos, para luego ver al mismo hombre sobre Michael, mientras lo apuñalaba con un aguijón de metal que estaba pegado a una cadena.

Aún sin mucha seguridad de lo que está viendo en su mente, se levanta visiblemente preocupado, toma las llaves que ve pegadas en la cerradura de la puerta y sale del apartamento. Él vive en uno de los apartamentos que dan al frente de la calle principal que va al cementerio, en el segundo piso, justo el que tiene vista lateral al Valle Central. Su vecino de abajo -el divorciado- se encuentra lavando su carro, un viejo Toyota Corona del 87, color dorado y cuando lo ve, entabla una conversación breve, pero con un par de datos importantes que Joseph ignoraba para ese momento:

Vecino: "Lo felicito, qué clase de mujer, quien lo ve a usted", con un tono que denotaba más envidia que otra cosa.

Joseph: "Perdón, perdón, ¿cuál mujer?".

El vecino con una sonrisa chismosa en su rostro: "Qué lindo, parecía que se tenía una orgía ahí arriba y se hace el que no se acuerda".

Joseph: "No, no, de verdad no me acuerdo, ¿cómo era ella?".

Vecino: "Ya le estoy empezando a creer", mientras suelta una carcajada: "Bueno tengo que admitir que usted venía bastante mal, ella lo traía casi a rastras, pero ahí usted venía diciendo cosas, digamos que venía muy borracho, pero en serio, no se equivocó y nada de qué arrepentirse". Mientras Joseph camina hacia él prestando aún más atención a la descripción que estaba a punto de decir el vecino: "Una mujer delgada, de unos 25 años, pelo muy largo negro, una cara bastante única, morena, me imagino que era por como ella andaba, me imagino que se la trajo de una fiesta de esas raras de disfraces".

Joseph: "¿Por qué? ¿Cómo andaba vestida?".

Vecino: "Uñas largas pintadas de negro igual que sus labios, el pelo bastante lacio, y la verdad me hizo gracia, porque tenía un vestido corto, pero como esos que usan las viejitas católicas, aunque de fijo no era católica, porque eso de las cruces invertidas es de satánicos". Ya cayendo en evidencia, se quedó detallando la escena, continua: "Bueno eso explica lo de los gritos raros", añadió el vecino fisgón.

Joseph: "De verdad, no lo recuerdo". Mientras con su mano derecha hace una especie de despedida, pero suelta una pregunta al instante: "¿Usted me prestaría un momento su teléfono? Es que no encuentro el mío y ocupo llamar a mi primo Michael". Aún inseguro de que lo que parece recordar sea real o no.

El vecino mueve la cabeza afirmativamente, mientras que del

bolsillo de su pantalón corto, apretado y juvenil (a pesar de tener más de 50 años), saca un celular con una cubierta de historietas de súper héroes, se lo da a Joseph, éste lo toma ya desbloqueado, abre el tablero para digitar el número de su primo, cuando de repente, mientras se hace el pelo hacia atrás con la mano que tenía libre, cae en razón que no tiene el número en su mente, obviamente, el vecino no lo tiene guardado (ni siquiera saben el nombre entre ellos mismos), tampoco se sabe el número de Eric o el de Carmen, por lo que le regresa el teléfono al vecino, sin despedirse, se dirige a la casa de Michael, que vive a un kilómetro y medio de ahí, carretera a Los Ángeles de San Isidro de Heredia.

Luego de una sufrida caminada de 20 minutos, por el dolor que aún tiene en sus piernas sumado al de sus pies, Joseph llega a la casa de su tía (la madre de Michael) y toca la puerta, luego de tres llamadas, es abierta por la hermana menor de Michael, con un breve saludo con la mano levantada, Joseph ingresa y pregunta por Michael; su tía ya se encontraba preparando el almuerzo (arroz con pollo y ensalada rusa mal hecha, porque en esa casa nadie come mayonesa, ni ella), le grita desde la cocina:

- "¿Cómo que dónde está Michael? Esa pregunta se la hago yo a usted, se supone que iban a salir juntos anoche o era mentira de ese vago".

Joseph piensa que tal vez sea cierto lo que parece recordar y para no preocupar más a su tía, intenta hacer tiempo diciéndole:

- "Sí tía, pero al final me tuve que quedar trabajando más tarde y me dio pereza ir, entonces, quizás se fue con Eric a seguir la fiesta hasta hoy, ahorita le averiguo".

Su tía llega a la sala donde está Joseph, limpia sus manos con un limpión y con la cara visiblemente molesta, toma un teléfono fijo que estaba en la mesa y dice: "Ya me va a escuchar ese hijo de puta, está muy viejo para que ande haciendo pijamadas, para peores yo creo que hoy le tocaba trabajar, más le vale que me conteste desde el trabajo". Eso decía mientras marcaba el número de teléfono de Michael y poniéndose el teléfono fijo en la oreja izquierda.

Joseph está muy preocupado; hace un gesto de despedida con sus manos y sale de la casa, retrocediendo los dos escasos metros que había ingresado, esta vez toma rumbo hacia San Rafael -a la casa de Eric-, anda algo de efectivo, por lo que detiene un taxi y le pide que lo lleve a la Suiza de San Rafael. Mientras el taxista se va quejando del calor, tratando de hacer conversación, echándole la culpa a los países desarrollados por el calentamiento global; Joseph muy preocupado, sin haber hablado con alguno de los que salió a tomar el día anterior, toma la decisión, ya que le quedaba dentro de la ruta, de pedirle al taxista que se detenga en las afueras del bar Alcatraz, que aún, por la hora, se encuentra cerrado, pero Carlos, el dueño, vive atrás -desde que nació-. Joseph, un poco más esperanzado de lo que pueda averiguar, le toca la puerta a Carlos, quien luego de un rato sale tambaleante, medio borracho, abraza a Joseph y le dice:

- "Vieras que fiestón me pegué anoche luego de que cerré... bueno, creo que aún estoy en eso".

Joseph: "¿Carlos usted se acuerda a qué hora nos fuimos Michael y yo anoche?"

Carlos: "Qué odioso, salúdeme por lo menos, pero bueno, no me acuerdo bien, creo que tipo 11 o algo así, ¿por qué?".

Joseph: "¿Yo me fui con una mujer joven, como una india, pelo lacio?".

Carlos: "Ya desearía usted salir con una mujer así, además al bar no llegan mujeres a secuestrar feos como ustedes". Mientras se reía a medias, como tosiendo.

Joseph: "Entonces ¿cómo nos fuimos?".

Carlos: "¿Pero que es el misterio? De verdad no se acuerda, casi ni tomaron".

Joseph: "Es en serio, Carlos, por favor, dígame".

Carlos: "Ustedes dos son unos cobardes, estaban todos asustados, porque un tipo raro amenazó a Michael y así como mariposas en un ventolero, salieron todos asustados y tambaleantes para la casa".

Esta simple descripción hizo que a Joseph se le erizaran los brazos, casi confirmando que no fue una pesadilla, pero sigue con los recuerdos vagos, así que le pide a Carlos que, si le puede describir al hombre, Carlos contesta:

"¿Usted vio la película de Jesús de Nazaret? Esa que ponen en Semana Santa", Joseph hace un gesto afirmativo, pero dudando de esta respuesta, Carlos continua: "Pues es ver a Judas Iscariote, pero con el pelo un poco más largo y vestido de militar de la Segunda Guerra Mundial, algo así". Mientras ya en tono de burla agrega: "¿Qué ocupan testigos para un caso de violación?".

Joseph desesperado y un poco molesto por el último comentario de Carlos le dice:

"¿Usted tiene todo grabado verdad? Esas cámaras del bar, ¿dejan todo en un disco duro me imagino verdad? Vea, creo que le pasó algo a Michael y si usted tiene grabado a ese tipo de verdad, puede terminar siendo evidencia de un crimen".

Carlos, cambiando el semblante, le dice a Joseph que entren al bar (el cual está cerrado, porque abre hasta pasado medio día), y ahí enciende un monitor que tiene bajo la caja y moviendo un pequeño "mouse", empieza a navegar por el sistema de cámaras, ubica la cámara que está dirigida al salón y que agarra parte de la barra, donde precisamente el tipo barbudo se había sentado (luego de quitarle la silla a un borracho que andaba en el baño), empieza a buscar el rango de horas que estima que fue tipo 9 de la noche según él cree, ahí se lleva tremenda sorpresa, al ver que la silla siempre y en cada una de las tomas, incluso cambiando la cámara, se ve vacía, no hay nadie sentado en ella, no hay ninguna evidencia o video donde aparezca el hombre abstemio con barba hippie.

Carlos bastante asustado, tanto así que la borrachera que tenía cuando Joseph llegó, se le quitó de golpe, al ver esto, le cuenta a Joseph lo que ocurre, este incrédulo toma ángulo para ver el monitor y también queda bastante asustado, porque ya con su mente más fresca recuerda más detalles de la noche anterior en el bar, y al caer en razón que el hombre no fue captado se preocupa aún más.

Ambos hombres intentan recordar las horas exactas, y entre rango y rango, ven a Eric con la mano levantada sobre la silla, a unos 50 centímetros, como abrazando a alguien, luego lo ven corriendo hacia el baño, todo esto mientras Carlos va narrándole a Joseph los hechos que él recuerda, de esos momentos, que siguen avanzando con el video, también ven a Carmen, de igual forma, hablando hacia la silla vacía, luego la ven tambaleante con un lenguaje corporal masculino, dirigirse a la mesa que está junto a la entrada del baño de hombres a hablar con ellos; seguido a esto, ven a Michael ir al baño (desde la cámara 3, que es la que toma el salón por el lado de la mesa, que es por donde ellos se habían sentado desde que llegaron), en seguida, ocurre algo realmente siniestro, algo que deja a Carlos con la boca abierta, totalmente convencido de que vivieron en la noche un suceso paranormal, en el bar Alcatraz.

Y es que mientras Michael se encontraba en el baño, la cámara 1 muestra cuando entra una mujer de pelo lacio largo, morena, con sus labios pintados de negro y parece que también sus uñas, es delgada y atractiva, al menos eso es lo que parece en el video, que para ese momento grabó en blanco y negro, por la visión nocturna, que se activa por la escasa luz del bar, Carlos no recuerda haberla visto, ella se ve un poco desaliñada, entró viendo a las personas del bar, como buscando a alguien, todo mientras camina hacia la silla, que en el video se ve vacía; Carlos recuerda que allí estaba sentado el hombre de barba, se inclina un poco, ya estando cerca de la silla, justamente cuando se ve a Michael salir del baño, ella lo señala y sale corriendo del bar apresuradamente, luego de esto según los recuerdos de Carlos y como se comprueba en el video, él toma el bastón policial de segunda, que había comprado en internet y se pone del lado de la barra, donde parecía que habría una pelea, pero todo termina con un video extraño, donde se ve a Michael señalar por sobre la silla, luego bajar la mano hacia su cadera de forma abrupta, para luego ver hacia la puerta abatible doble, tipo viejo oeste del bar.

Joseph petrificado, no tanto al ver la silla vacía y la actuación de Michael al final del video, sino al ver a la mujer, que coincidía con la descripción que su vecino fisgón le había dado al salir de su apartamento, justamente esa misma mañana, solo sus ropas no coincidían con esta mujer del video.

Aquí es donde recuerda algo muy importante; cuando salió con Michael del bar, tomaron la calle que reduce el recorrido a la mitad, del bar hasta la casa de él, entonces, ya un poco mareado por lo surreal de la situación, también por no haber comido nada desde la noche anterior, decide irse y emprender el recorrido por esa calle, pero más que todo en busca de refrescar la memoria y eventualmente, encontrar el cuerpo de Michael si es que fue asesinado.

Mientras avanza, ya el rostro del hombre barbudo se le hace más claro, por lo que intenta detallar cosas en las imágenes mentales que el recuerdo le regala, con la intención de una eventual denuncia ante la policía, la cual le trae de nuevo a la cabeza la angustiante situación de andar sin teléfono móvil, incomunicado de sus amigos o cualquier persona conocida, pero igualmente sigue avanzado, mientras zigzaguea por la calle, viendo a las orillas y zanjas de las fincas que bordean la calle, avanza sin encontrar nada importante, hasta que no muy lejos del bar, tal vez a unos ochocientos metros, dentro de una finca, que tiene una vista bastante llamativa (donde se ve la zona de Vásquez de Coronado y parte de Moravia), bajo un árbol de pino mediano, observa lo que parece ser un cuerpo, cosa que le hace rápidamente cruzar la cerca de alambre de púas, correr hacia éste mientras grita el nombre de Michael desesperadamente. Estando como a unos 3 metros, detiene la marcha y se acerca con cautela, bordeando el cuerpo e intentando detallar el rostro de lo que ya sabe es un hombre, el cual se encuentra con el abdomen tocando el suelo, pero su cabeza de lado, con su ojos entre abiertos, como viendo la corteza del pino, junto a él se ven dos botellas de guaro de caña, una de un litro vacía y otra de un cuarto de litro que está a medio tomar, también hay una bebida gaseosa oscura sin abrir, un paquete pequeño de maní, de esos que traen pasas y dulces de chocolate en forma de botones de colores, y una caja de cigarros de los nuevos, que tiene cápsulas con sabores para que la gente joven le pierda el miedo al mal aliento y al cáncer. Joseph se agacha y se da cuenta que dicho hombre en el suelo no es su primo Michael, pero, rápidamente corre a tocarlo cuando se da cuenta de golpe que sí es una persona conocida suya, es Eric.

Joseph, mientras le golpea los cachetes: "¡Eric, Eric! ¿Qué le paso? ¿Qué está haciendo aquí?". Un poco asustado porque a pesar del sol que hacía, el rostro lo tenía helado, luego de 5 golpes, Eric reacciona.

Eric con voz cargada de saliva: "Véndame un gramito de coca por fa, yo le traigo la plata mañana, es que me asaltaron, en la casa tengo un ahorrito". Aún sin incorporarse y con la mirada hacia el árbol de pino.

Joseph: "Eric soy yo, Joseph, ¿qué está haciendo aquí? Vamos, siéntese". Mientras lo toma de las axilas y lo voltea, cosa que le provoca una explosión de vómito, embarrando parte del pantalón y casi por completo los deteriorados tenis de Joseph, que inmediatamente lo suelta gritando:

" ¡Mierda!".

Claramente, vomitando, por primera vez, en esta borrachera, termina contrayendo a más no poder su torso, mientras un líquido amarillo, de hedor fuerte le sale hasta por los orificios de la nariz y Joseph, mientras ve aquello toma del suelo la gaseosa y el paquete de maní para que no se ensucien, abre ambos y busca un asiento en las raíces de aquel árbol de pino, mientras empieza a consumirlos (su hambre le gana al asco que le da ver a Eric parir por la boca al hijo que le engendró el guaro de caña), pero no mucho después, Eric aún borracho se queda viendo a Joseph, mientras frunce el ceño y le dice:

- "¡Qué pesadilla más fea estoy teniendo!".

Joseph: "¡Sea necio! ¿Qué está haciendo aquí tirado idiota? ¿Usted no era que tenía que trabajar hoy?"

Eric viendo hacia abajo y visiblemente afectado por lo que le acaba de llegar nuevamente a su corazón roto: "Me quiero matar Joseph, hice algo muy malo y no aguanto sentirme así, soy un maldito, arruiné mi vida y el mejor futuro que pude tener".

Joseph: "¿De qué está hablando necio? Deme su teléfono para llamarle a alguien que lo lleve a su casa".

Eric, bastante sumiso, por su estado de vulnerabilidad, busca su teléfono en las bolsas de su ropa, termina encontrándolo en la bolsa de atrás de su pantalón. Con el aparato en las manos, Joseph intenta desbloquearlo, pero le pide un código de seis dígitos, el cual le solicita a su ebrio amigo y este le responde con una risa corta de ironía:

- "Soy un perdedor, le dije a Isabel que nos casaríamos el 12 de enero del 2018, o sea, ya tendría casi dos años de casado con ella y por cobarde arruiné todo"

Joseph ignorando el mensaje codificado: "Usted anda borracho porque le dio nostalgia hablar con Isabel anoche, ¿es eso? Por eso le dijo ese poco de cosas y, por cierto, ¿por qué le pedía tanto perdón? Y deme el código del teléfono que ocupo irme".

Eric: "Usted es bien tonto verdad, el código es 120118"

Ya con el teléfono desbloqueado, Joseph abre una aplicación móvil que se usa para llamar transporte privado y manda la ubicación para que lleguen por Eric, el cual comienza a llorar disimuladamente, mientras nota que hay un poco de licor en la botella de un cuarto de litro de guaro de caña que está cerca de él, la cual toma y se da un sorbo que le arruga la cara, no por el sabor en sí del licor, sino porque dicho sorbo le enjuagó un poco la boca y metió en su vientre un poco de aquel líquido amarillo que aún quedaba en sus dientes y cavidades bocales.

Pasados unos escasos 4 minutos, momento que aprovechó Joseph para salir de la finca donde estaban, cruzar la cerca para esperar a la orilla de la calle, llegó un pequeño carro marca Suzuki, de esos modernos, color verde agua, con una muchacha joven conduciéndolo y preguntando por Eric. Joseph lo sujeta y le ayuda a sentarse en la parte trasera del pequeño vehículo, mientras la joven conductora con un gesto de negatividad les dice:

- "Si me vomitan el carro ustedes me pagan la lavada".

Joseph le dice: "Yo no voy, pero le prometo una buena propina, solo por favor déjelo en la ubicación que le puse en la aplicación".

No muy felices (Eric y la conductora) se van; Joseph sigue con su mirada el carro hasta que se pierde en una curva, que está a unos doscientos metros de él, mientras revisa la carga del teléfono de Eric, que se dejó adrede, ésta dice que le resta 19% de batería. Toma de nuevo la ruta que traía antes de encontrar a Eric y de igual forma, continúa zigzagueando el camino hasta que llega precisamente cerca del puente, donde aún, de forma más clara, revive el recuerdo del sujeto, que atacaba a Michael y dejándolo tirado como muerto.

En esa zona no encuentra nada, pero justo a unos 20 metros antes del puente, mismo que está antes de subir a la calle, que conecta con la carretera principal, ve sangre, tal vez el equivalente a medio vaso, como unos 125 ml, un charco esparcido por unos 40 centímetros de diámetro detalla aún más y nota muchas huellas como de perros, unas pequeñas, otras más grandes, pero todas ampliándose y difuminándose alrededor del pequeño charco que huele y se ve como sangre. Muy asustado e hiperventilando, porque acaba de confirmar en su mente que lo que vio sí fue real, probablemente su primo esté muerto o mal herido y secuestrado, saca el teléfono de Eric y cuando intenta desbloquearlo, se da cuenta que no recuerda el código de desbloqueo y muy frustrado hace a tirarlo al piso, pero se abstiene, porque recuerda que no es suyo y perdió el de él, y comprar dos teléfonos no está dentro de sus posibilidades, Joseph siempre ha sido precavido.

Mientras pone sus manos sobre sus rodillas, con la espalda recta, como descansando con agitada respiración, pensando de pie, ve a su alrededor y en una loma ve una casa lujosa, la cual no había notado antes, la misma tiene una entrada larga que inicia en la carretera principal, no en la calle que se encuentra actualmente, la parte visible desde donde está es la lateral, llena de ventanas altas, como si desde ahí quienes habitan gustan de ver el paisaje del Valle Central y las zonas verdes que la rodean. Joseph se acerca y efectivamente, ve una cámara tipo domo en un poste que está dentro de esa misma propiedad, entonces deduce que seguramente desde ahí fue grabado el incidente, corre hacia a la entrada de la casa, después de subir la cuesta y girar, toca el timbre de dicha casa lujosa, sin lograr ninguna respuesta, no estaba seguro si este timbre servía, por la distancia que había del portón principal donde él se encontraba y la casa que se encontraba al fondo, entonces, empezó a golpear el portón con una moneda que andaba en su bolsillo, dicho sonido agudo llamó la atención de un señor mayor, vecino de esta casa lujosa, quien salió a hablarle a Joseph:

- "Muchacho difícilmente le van a abrir, ahí viven unos extranjeros alemanes, creo. Bueno de esos machillos altos, ¡vieras la señora que mujerona! Esa gente nunca sale a pie, yo a veces les levanto la mano cuando los veo salir, pero en ese carro uno no ve si devuelven el saludo o no".

Joseph: "¡Buenos días, señor! Resulta ser que ayer me asaltaron aquí atrás, a la vuelta por el puente, como vi que en esa casa hay cámaras quería saber si podía conseguir un video o algo". Todo mientras caminaba hacia donde se encontraba el señor, justo frente a la casa color verde agua donde habita, una casa humilde, de las antiguas.

Señor: "Tal vez el lunes, esa gente se va los viernes y regresan los lunes, temprano, bueno a veces, los domingos en la tarde noche, seguro es que tienen casa en la playa. ¿Cómo es eso que lo asaltaron? ¿Cómo a qué hora?".

Joseph: "Tipo once de la noche, venía con mi primo y nos robaron el celular". Probablemente dijo esto porque no quería llamar la atención de la gente, o bien, perder el tiempo en conversaciones largas, entonces intentando avanzar para dejar la conversación del señor, le agrega: "Bueno, creo que seguro vengo el lunes a ver si me ayudan con el video", mientras el señor se toca la cabeza como pensando o intentando recordar si vio algo.

Señor: "Yo a las once no escuché nada, la verdad, sonidos de la noche, carros y motos en algún momento, perros ladrando, pero eso es casi siempre, entonces no…", mientras señala el piso como afirmando y dice: "bueno, aunque anoche sí pasó algo medio extraño, ya que mencioné perros y es que en mis 42 años de vivir aquí nunca había visto algo parecido, pero nada que ver con eso, porque fue tipo 2:30 de la madrugada".

Joseph, quien ya se encontraba encaminado alejándose del señor, se detiene pensando que tal vez Michael logró huir malherido y esto provocó los ladridos:

- "¿Qué fue lo que pasó a esa hora?"

Señor: "Yo tengo el sueño muy liviano, con cualquier cosa me despierto, pero curiosamente anoche fue mi señora quien me despertó, porque había un escándalo de perros, vieras que montón de ladridos, aullidos y hasta peleas, pero se escuchaba como aquí al frente, en la calle, entonces yo me asomé desde aquí donde estoy y vea, pensé que era que había una perra en celo, porque primero vi como diez perros en manada que iban bajando rápido, pero no sé por qué, cuando los perros doblaron para bajar hacia el puente, por donde usted dice que lo asaltaron, de allá abajo de esta calle, venía otro grupo de perros, pero más grande, como de treinta, igual se dirigían al mismo lugar, justo que no había terminado yo de ver esos perros y pasó una vez más otro grupo, de unos quince perros más, calculo yo, ahí fue donde descarté lo de la perra en celo, porque iba todo tipo de perros, hasta de raza, de esos blanquitos y todo, otra cosa, aquí al frente sé que pasaron también perras, porque no les logré ver los huevos."

Ya el señor todo emocionado, porque lo que vio no era una de sus leyendas inventadas, de esas que les contaba a sus nietos cuando lo visitaban, esto sí parecía ser real, único en su vida y ya con un tono entusiasta llegando al clímax de su relato continúa diciendo:

- "Ponga atención, muchacho, cuando de la acera pasa otro vecino mío, el de aquí, mientras señala una casa diagonal, que también había salido a ver el escándalo y me dice: "vieras el montón de perros, don Ricardo, parece que casaron un vaca ahí; entonces para verlo con mis propios ojos, salí, bajé hasta la esquina y ¡aún me seguían pasando perros a la par, qué espectáculo! En la pura esquina antes de bajar, vi a unos setenta perros mínimo, así calculando con la mente, todos estaban rodeando algo en el piso, se peleaban para llegar al centro del molote de perros, escuche bien, muchacho, varios salían con la boca ensangrentada y con pedazos de carne en el hocico, corriendo hacia la finca unos, otros bajando hacia el riachuelo, pero, en serio, perros de todos los tamaños, también otro vecino, que había ido a ver qué era lo que se estaban comiendo, se me puso a la par y me dijo que Torvi, su perra, se había puesto como loca hasta que se logró escapar de la casa, nada más la vio corriendo hacia ahí, donde estaban los perros".

Joseph con la piel erizada, a pesar del sol, que seguía calentado a las ya casi once de la mañana de ese sábado le dice: "¿Y su vecino le contó qué estaban comiendo?".

Señor: "Dice que él cree que seguro algún animal que bajó de las montañas, una danta seguro, pero que cuando él bajó prácticamente ya los perros se estaban llevando los últimos huesos, dice que hasta la sangre del piso se chupaban los malditos animales esos…" Y levantando sus dos brazos pellejudos, delgados y manchados por la edad, el señor agrega: "Yo creo que era algo más, porque mi señora me dijo que ella estaba media despierta, porque había tenido un mal sueño, que escuchó minutos antes como el grito de un hombre, diciendo unas palabras raras, dice que fue como un grito de guerra o declaración de guerra, pero en otro idioma, como dando una orden, que después de esto empezaron los perros a sonar y ahí fue donde me despertó a mí, preguntándome si había escuchado eso". Ya un poco más calmado, asimilando lo que vio la noche anterior termina diciendo: "bueno, es muy feo que los asaltaran a ustedes, pero por dicha no se toparon con eso, se imagina que los hubieran visto ahí esa jauría, seguro se los comen también", mientras suelta una risa amistosa.

Joseph está congelado, poco a poco empieza a decaer, como si su nivel de glucógeno en la sangre bajara, rápidamente, dice: "Y su señora, ¿recuerda lo que el grito del hombre decía?".

Señor: "Ella me dijo algunas palabras ahí medio graciosas, pero yo creo que seguro fueron más de la pesadilla que tuvo, pero déjeme y la llamo -mientras ignora el gesto de Joseph que le decía que no con la mano- "¡Noemy! (gritando hacia la casa), ¡Noemy, venga!".

De la vieja casa color verde agua, se ve venir una señora, de un caminar forzado, como con dolor de espalda y algo encorvada, toca el costado del marco de la puerta donde se apoya, se detiene mientras observa a su anciano marido hablar con Joseph, a lo que el marido le pregunta sobre las palabras que creyó escuchar y ella acercándose al portón viejo de rejilla delgada de la casa se queda viendo fijamente a Joseph, le dice:

- "¿Y para qué ocupa saber este muchacho lo que yo escuché?"

Sin haber visto la cara de la señora mientras ella se postraba en la entrada, el ansioso Joseph la ve, con una mirada que venía desde el piso, explosivamente y de la nada, nace de su estómago un terrible retorcijón, que sube hasta su cuello encorvándole la humanidad, intenta disimular incorporándose un poco, pero encoge su pierna derecha como si de su vejiga saliera un estallido de orina, la cual pudo contener, pero que termina con un gran calor en su rostro, no por el sol caliente de ese día, sino porque la esposa de aquel señor, esa, la esposa del señor que acababa de contar el relato de los perros, es, y con total seguridad, la señora que lo salvó en la iglesia, la misma señora que le prohibió al Jagter matarlo, la misma mujer que tocó su frente y apagó su conciencia.

Joseph, con todos sus sonidos totalmente apagados, intenta decir algo, pero no logra armar ninguna frase, ni siquiera una palabra y mira con cara de pánico y asombro a la señora, misma que lo reconoce, pero de igual forma disimula y cambia su mirada a su viejo marido y le dice:

- "Bueno he pasado pensando en esas cosas que escuché anoche, para recordarlas y creo que las puedo escribir, puede ser que este muchacho encuentre algo ahí en eso que le llaman internet, puede ser que signifique algo, déjeme y se lo escribo en un papel, ya vuelvo". Mientras ingresa a la casa y regresa donde ellos, a los pocos minutos, mientras Joseph no presta atención a otras cosas que el señor le cuenta cuando ella está ausente.

La esposa de aquel hombre, llamada Noemy, regresa con un papel doblado en sus manos y le pide a Joseph que se acerque para dárselo, él lo recibe, lo mete en su bolsillo y se despide de ambos adultos mayores con un gesto seco y dudoso, moviendo la mano brevemente, mientras intenta disimular sus ganas de correr y contarle a alguien lo que ha vivido. Camina unos doscientos metros, en dirección a su casa, porque sabe que necesita un baño antes de ir a la policía, para contar todo lo que sabe con seguridad que sí ocurrió, pero precisamente ahí es donde saca el papel de su bolsillo, el que le dio la señora, con la intensión de leer la supuesta frase que le apuntó ella, pero al hacerlo tiene que sentarse, porque se ha mareado, la angustia lo pateó en la cabeza, entonces lo hace en la orilla de la acera, con sus pies puestos en la calle y el caño en medio, mientras se frota el pelo despeinándose aún más, porque no puede dejar de leer una y otra vez ese papel que arruga y vuelve a abrir, el cual dice:

"Joseph, mi ayuda no es eterna, el Jagter volverá a ti en tres días, el perdón que llevas en la frente se borrará pronto, si no confiesas lo que hiciste con quien debes hacerlo. Y créeme, de nada servirá pedir ayuda para evitar a esa infernal criatura, porque no hay forma de demostrar que el Jagter anda detrás de tu cabeza o incluso, de que existe y como te dije anoche, si lo está haciendo es porque su amo la ha pedido y está condenado a hacerlo. Anda, arregla tus cosas e intenta sobrevivir al juicio que ha iniciado en tu contra, por favor, no me busques más, ya no puedo ayudarte".

INCULPADO

Son las 5:42 de la mañana del día lunes, Joseph está solo en su apartamento, totalmente dormido y como es normal, en San Isidro de Heredia, hace bastante frío a esa hora, pero eso no impide que sude al mover su cabeza, como evitando una cachetada, de un lado a otro y colocando sus manos cruzadas sobre ésta por pequeños instantes, claramente teniendo alguna pesadilla; de repente, el sonido de la alarma de un teléfono móvil viejo que le prestó Eric el día anterior al devolverle el que se había dejado el sábado, luego de solicitarle transporte. Un teléfono de gama baja, modelo 2017, con navegación a internet y demás cosas que tienen casi todos los teléfonos desde el 2012, mismo que activó con una tarjeta SIM prepago que compró en un pequeño supermercado.

A las 5:45, cuando dicha alarma empezó a sonar, Joseph quedó sentado del susto, congelado inmediatamente, absorto, viendo el cielo raso húmedo de su habitación blanca, mientras toma aire y se incorpora poco a poco a este mundo, sin camisa y con falta de más horas de sueño, se levanta, toma el teléfono que había colocado en el piso cerca de la puerta (solo en el tomacorriente que está ahí pudo hacer funcionar el viejo cable del cargador) y apaga la alarma. La noche anterior, antes de acostarse, instaló algunas de sus redes sociales en ese teléfono, entonces al tomarlo, lo primero que nota son muchos mensajes directos de la hermana de Michael preguntando por él, según lee, no les ha respondido las llamadas y ya los tiene al borde de la desesperación, porque no aparece.

Esto no le sorprende, él lo da por un hecho, porque sabe que lo andan buscando desde el día anterior, cuando llegaron varias veces a buscarlo a su apartamento, pero no quiso salir, a pesar de que el vecino de abajo les dijo que él sí estaba, incluso les ayudó tocando fuertemente el portón de su apartamento, cosa que Joseph ignoró escuchar al taparse con una almohada, mientras en el viejo sillón azul de la sala intentaba sostener las ganas de llorar que la angustia le activaba con cada grito que decía su nombre. Para ese momento del domingo cuando lo llamaban, ya más de veinticuatro horas después de haber leído el papel que le dio Noemi (la señora que lo salvó de una posible muerte, metiéndolo en la iglesia del pueblo), sabía que muy pronto se cumplirían los tres días de gracia que ella le afirmó que el Jagter dejaría de buscarlo. Por eso, ya siendo lunes, no tiene intenciones de mencionarle a nadie lo que le está pasando, lo que el viernes le ocurrió a Michael, ni incluso a Eric, a quien volvió a ver aún muy mal ayer domingo, cuando nuevamente mencionó a Isabel y también algo de un aborto, pero en ese momento aún estaba muy metido en sus temores, por lo que no puso más atención que al teléfono, mientras lo intercambiaba por el viejo de gama baja que ahora tiene en sus manos y que había programado desde anoche para que sonara quince minutos antes de las seis de la mañana, hora que normalmente usa para alistarse y llegar a tiempo a su trabajo en una tienda de repuestos de vehículos en Tibás.

Ahora tiene dos razones de peso para evitar contar en lo que está metido; primero, sabe que los hechos son totalmente increíbles, que están basados en su relato y en un video donde no sale quien supuestamente mató a su primo luego de saltar tres metros de altura por cinco de largo sobre éste y hundirle un aguijón en el pecho, para rato después, darle la orden a todos los perros del lugar que se devoraran el cuerpo, según cree. Segundo, luego de meditar en la hoja que contenía el mensaje de Noemy, la que él asume es algún tipo de bruja de magia blanca, tuvo que aceptar que él y su primo Michael cometieron un crimen del cual pensaron saldrían impunes y que ya hoy lunes, sin ganas de salir de su apartamento (por miedo), sabe que es la causa por la que esta infernal criatura y su amo han pedido la cabeza de Michael y la suya, la cual será la próxima que tomen sin lugar a duda.

Mientras se prepara el café, con la total intención de no ir al trabajo, se sienta en un pequeño banco de madera, que estaba bajo la mesa blanca de plástico en la cocina, ya sentado, pone ambos codos sobre la misma y deformándose el rostro con ambas manos al dejarlo caer sobre éstas, dice: "¡ay Mariana!", en un tono bajo, mientras le sale del corazón una especie de tosido acompañado de un lamento, el cual no evitó, porque se encontraba solo y realmente solo en el mundo por su situación actual y lo asume así, mientras no revele el secreto que cree acabará con su vida pronto, el mismo secreto que no contará a la policía y menos a su familia, por la vergüenza y la total condena judicial, que tendría que asumir.

El primero de noviembre anterior, 5 meses atrás, Mariana cumplió sus 17 años, los celebró en su única red social que abrió 3 años atrás únicamente diciendo "gracias" y una que otra carita a sus contactos, a los que dicha red les había recordado la fecha, quienes, en su mayoría, eran desconocidos para ella, en su mundo real, plagado de limitantes, pero también lleno de sueños, donde su vida transcurría simple y sus objetivos y metas se hacían más claros. Ese día fue muy alegre para ella, recibió más de cincuenta mensajes de felicitaciones "sinceras" e incluso, de alguien a quien ella veía muy llamativo y atractivo, alguien con quien nunca se atrevió a iniciar una conversación, hasta ese día, un hombre a quien ella estaría dispuesta a convertir en su marido, según su mente le resolvía, este perfil de un hombre que ella nunca indagó y que contenía únicamente fotos de un artista famoso estadounidense, porque por su propia inocencia no dudó nunca del origen falso del mismo, así era Mariana, sin malicia. Una muchacha de Upala, cerca de la frontera con Nicaragua, de piel blanca un poco dorada, de familia religiosa y muy confiada, quienes esperaban con ansias el inicio de un paraíso en la Tierra, según les habían enseñado, algo a lo que ella no perdía oportunidad de hablar cuando le decían lo hermoso que era la zona de donde ella procedía.

Nada en las fotos o cosas que subía a su perfil contenían algún doble sentido o maldad, pero suficiente era con su hermosa sonrisa, que se encendía aún más con el contraste de su pelo largo negro y su silueta esbelta, para que la lluvia de reacciones de corazones iniciara o los mensajes directos, cosa que muchas veces ignoraba, pero cuando se sentía sola o decaída, le servían para levantarle la moral y hacerla sentir bella.

En uno de sus tantos viajes a un río cercano de la zona de Upala, lugar que visitaba con gente de su religión o algunas veces con familiares, decidió tomarse una foto un poco más atrevida a lo habitual, aunque nada en comparación a las mujeres profesionales que cazan seguidores o fanáticos en dichos portales, era una simple foto de su rostro y pelo mojados con una camisa blanca lisa, que dejaba ver por la transparencia parte de sus pechos (que de forma natural eran grandes y firmes) metiéndose en su sostén, que por la temperatura del agua resaltaba la contracción de sus pezones. Su rostro hacía una mueca algo tierna, arrugando un ojo cerrado, sacando una pequeña parte de su lengua, como señalando la cámara en modo selfie. Sus seguidores y amigos virtuales no tardaron nada en comentarle, cuando a los dos meses de haberla tomado, había decidido subirla mientras revisaba su teléfono para liberar espacio, justamente, la noche del día que cumplió sus 17 años. Y es aquí cuando uno de los tantos perfiles falsos que la siguen, decide descargar y luego, reenviar esa foto a una página que sin otro fin más que mostrar a las mujeres guapas del país, la sube, despertando la curiosidad y admiración de miles de personas, principalmente, hombres como Michael (que al ver la foto en dicha página se encontraba tomando licor, cinco meses antes de morir asesinado por un Jagter), que solo sueñan con alguna vez poseer una mujer tan bella como Mariana, la cual nunca había tenido un novio en su vida, a lo mucho había sido víctima del robo de un pequeño beso en la boca cuando se iniciaba en el colegio 4 años atrás. Y desde ese momento, Michael descargó esa foto para sí, no estaba tan borracho cuando decidió ponerla de fondo de pantalla y decir: "Pronto te encontraré, amor de mi vida".

A casi dos semanas de eso, mientras Mariana se encontraba ayudando a su madre, con algunas diligencias en un supermercado, a unos dos kilómetros de su casa, recibe una llamada, la cual duda en responder, porque no conoce el número, de igual forma contesta:

- "¡Hola, buenos días!"

Michael: "¡Hola Mariana!"

Mariana: "¿quién me habla? Es que no tengo su número guardado".

Michael: "Me llamo Michael, soy de Heredia, me costó mucho conseguir su teléfono, pero al fin lo hice y aquí estoy llamándola". Esa fue la primera mentira que Michael le hizo a Mariana, él consiguió el número de ella al día siguiente de ver la foto, cuando logró dar con el perfil real de ella (había varios perfiles falsos, porque la foto se viralizó casi al instante) y verlo público en su información personal, solo que no se había animado a llamarla, porque no había conseguido la valentía de hacerlo, algo que esa mañana de sábado consiguió al consumir tres cervezas.

Mariana: "¿Y para qué asunto sería?".

Michael: "No voy a mentirle, la verdad usted me parece una mujer súper interesante y me encantaría conocerla de alguna forma, cuando la vi sentí que la había conocido de antes, pero no, es solo que de verdad me siento muy atraído por usted y no tengo ninguna mala intención, si me conoce se dará cuenta, le puedo hasta contar un chiste si me lo pide con tal de sacarle una sonrisa", ya un poco inseguro, porque Mariana tardaba varios segundos en responder, como si estuviese pensando en lo que escuchaba.

Mariana, con una sonrisa en el rostro, que Michael ignora, le responde: "Gracias por lo que dice, pero me da pena y me siento un poco extraña hablando con alguien así, que no conozco".

Michael: "Hagamos algo, guarde mi número y le puedo mandar una foto haciendo el gesto que me pida para que vea que soy bueno y también que soy alguien real",

Mariana ya soltando una risa, la cual ahora Michael escucha le dice: "Bueno, voy a guardar su número Marvin y me pasa una foto tocándose la ceja derecha" y en un tono más juguetón le agrega: "si no me la pasa en 3 minutos máximo, no le voy a creer que usted es alguien buena gente" y corta la llamada.

Michael que se encontraba solo y desnudo en el apartamento de dos cuartos que alquilaba junto a un amigo, para ese entonces en Heredia centro (2 meses antes de regresar a casa de su madre), corre al baño y se acomoda el pelo para tomarse la foto tocándose la ceja, pero al tomarse la primera recuerda su desnudez, la cual obtuvo cuando empezó a masturbarse, mientras observaba la foto que tenía de fondo de pantalla en su teléfono, la de Mariana en el río. Se toma la foto después de ponerse una camisa y se la manda con el siguiente texto:

"¡Hola Mariana! ¿Esta ceja verdad? Por cierto, soy Michael, no Marvin."

A lo que no mucho después Mariana responde: "jajaja", junto con un corazón rojo y seguidamente pone: "Perdón ando en la calle y pensé que me había dicho Marvin, jajaja".

Michael: "Jajaja, dígame como quiera, mientras me siga diciendo algo".

Y luego de ese día y durante las próximas 3 semanas hablaron a diario, tanto que Michael dejó de necesitar licor para no ser aburrido con ella.

Normalmente, Mariana y su familia se reunían con su grupo religioso los días jueves, luego de estudiar los temas que los encargados elegían, la gente se retiraba para sus hogares, pero precisamente al mes y medio de haber cumplido los 17 años, ya en diciembre y a tres meses y medio de haberse tomado la foto, que atrajo a Michael a su vida, Mariana es llamada junto a su madre (ese día su padre no fue por motivos de trabajo) por los líderes religiosos de dicho grupo en una segunda sala de reuniones del lugar, para poner en juicio su moral y comportamiento sexual, que de entrada es cuestionado por ellos al poner sobre una mesa la foto (ya impresa) y preguntarle de entrada si la que está en la imagen es ella. Su madre, quien es aún más inocente que Mariana, cae en llanto, ella sabe que ese tipo de reuniones normalmente terminan en un miembro castigado y al ver dicha foto, inmediatamente, se pone a favor de los dos líderes, que con una mirada fija penetran la conciencia de Mariana, quien hasta ese momento no había razonado nada malo con respecto a ese tema, por lo que dudosa y con un pequeño movimiento de cabeza suelta un suave e inseguro "sí", seguidamente, ellos le muestran más evidencia contra ella al leer comentarios de usuarios sobre la foto y también, en algunos de los grupos donde fue compartida, la mayoría con un trasfondo sexual (según la forma de razonar de ellos basándose en sus creencias), de entrada reclamándole el daño que ha hecho a la imagen de su grupo y al compromiso que ella había asumido a los 11 años, cuando fue motivada por su padres para que simbolizara su compromiso por medio de un bautismo en agua. Siendo esta situación en aquella sala, una pesadilla para la madre de Mariana, que la mira con reclamo, su maquillaje barato se ha corrido por las lágrimas y ella con su mente ahogada de sentimientos, solo le logra decir: "Qué vergüenza Mariana, todo la educación que le hemos dado", Mariana evidentemente consternada y congelada por todo aquello, con la cara larga y de piedra, se hunde en sus pensamientos y protege su dignidad atacada, mirando al piso bajo la mesa donde está la foto que imprimieron, mientras los líderes se apoyan en textos y razonamientos para explicarle por qué el tema va a ser evaluado en una reunión la próxima semana, pero no con dos, sino con tres líderes para definir si será necesario que ella asuma algún tipo de disciplina por la situación que generó el tomarse y compartir esta foto, que según los principios que ellos aceptaron seguir es un grave error moral, tanto para ella como para la imagen del grupo.

En la casa y después de no haber tenido ni una sola palabra entre ellas, únicamente de Luisito, el hermano menor de 9 años, preguntando por qué la madre iba llorando. Esperan muy poco antes de que llegue el papá, llamado Luis, que luego de saber por boca de una madre enojada y exagerada todo lo que se dijo en la reunión, toma una faja y castiga físicamente a Mariana, que con cuerpo de mujer e inocencia de niña, recibe los golpes, que se le marcan más en su alma que en su cuerpo, cuerpo que después de varios minutos pinta líneas moradas en sus piernas y espalda, mientras ella llora herida más que todo por los insultos que acompañan el castigo físico, palabras que se tatúan en ella, al destruir el respeto que sentía por sus padres cuando decían: "No criamos a una zorra… en cualquier momento va a venir panzona esta puta… seguro va a confesar con quienes se acostó", insultos desmedidos principalmente por parte su padre, quien era una persona muy celosa con su mujer y muy machista, mujer que también al escuchar los insultos hacía eco en algunos. Ella, su madre, tomó el celular y la obligó a desbloquearlo, luego le pide a Luisito que le ayude a revisarlo, quien con su poca edad, intentó defender a su hermana, mientras también lloraba por ella al ver lo que le hacían, borrando rápidamente la mayoría de chats, aunque no tuviesen nada malo (porque realmente no había nada malo en ese teléfono) y sin importar su contenido para que no ampliaran el castigo a ella, también dirigió la búsqueda que su madre le pedía (mujer que no sabía, ni podía tener acceso a la tecnología, porque Luis su esposo, no se lo permitía), para no entrar a nada que comprometiera más a su hermana y así fue, ya que logró incluso desconectar el teléfono de la red para que no recibiera mensajes, ni llamadas al activar el modo avión, pero esto no evitó que ellos decomisaran aquel celular, haciendo que Mariana, muy triste y herida, se marchara para su habitación.

Tipo tres de la madrugada, Mariana sin haber logrado conciliar el sueño y muy asustada de lo que podría pasar con respecto a su futuro en dicha organización, en medio de su desesperación, toma diez mil colones (diecisiete dólares) que había ahorrado por ayudar a una tía a hacer tamales unos cinco días atrás, mete dos mudadas en el salveque del colegio, toallas sanitarias, un cepillo para el cabello y una cajita de maquillaje que le gustaba mucho, una manzana verde y dos barritas de cereal, junto a una botella pequeña de yogurt de fresa que toma de la cocina, luego pasa al baño por su cepillo de dientes y una pasta dental, de regreso en su habitación, toma otras cosas pequeñas, como una cajita con cosas que adoraba, principalmente recuerdos de personas que ella coleccionaba de una forma peculiar (como una cola que le había regalado su abuelita), encuentra una hoja y con un lapicero negro escribe en ella: "Te amo hermanito, gracias por ayudarme" y la mete debajo de la puerta de la habitación de éste. Cerca de las cuatro de la mañana, sale por la puerta de la cocina, ya que la salida principal de la casa tiene un portón que suena muy agudo por falta de lubricación en las bisagras, entonces, ya afuera, en el patio trasero, sale por un pasillo lateral y se agacha casi gateando, justamente, por la ventana de la habitación de sus padres, luego de una pausa, salta una pequeña tapia de un metro de altura que da a la acera y sin mirar atrás, empieza a caminar rumbo a la terminal de buses de Upala, los que la llevarán al Valle Central.

Va vestida con ropa sencilla, que, sin ella hacerlo a propósito, resalta su hermosa figura natural, jeans desteñido y roto en las rodillas, una blusa amarilla con un logo blanco en el pecho, que le queda un poco holgada, permitiendo ver de vez en cuando su ombligo y luego de caminar por tres kilómetros a esa hora, llega a la terminal y logra comprar un tiquete de bus a San José, la capital.

Durante las cinco horas de viaje, consumió los alimentos que había llevado consigo, mientras lograba caer poco a poco en su nueva realidad, pero los gritos de su padre golpeaban su mente nuevamente al caer uno a uno en la memoria, trayendo a su rostro lágrimas, que limpiaba disimuladamente para no llamar la atención de la señora sentada en el asiento del otro lado del pasillo del bus, que venía casi vacío.

Cansada, sin bañarse aún, llegó a San José, por primera vez en su vida, eran casi las once de la mañana, de inmediato comenzó a preguntar por un café internet (algo escasos ya), le urgía ingresar a su red social, ya que no pudo traerse consigo su teléfono, el cual su padre guardó en su habitación. Dentro de la red, buscó a Michael, quien ya la había agregado y le envió un mensaje diciéndole que había perdido su teléfono, que por favor le enviara el número, para lo que tuvo que esperar 15 minutos la respuesta positiva de Michael, quien ignoraba por completo la situación y la nueva ubicación de ella. Ahí mismo logró llamarlo.

Michael, que después de no aceptar la llamada en tres ocasiones, contesta: "¿Qué pasa? ¿Quién es?"

Mariana un poco sensible y sorprendida por la rudeza de Michael: "Michael, soy yo Mariana, estoy en San José".

Michael sorprendido y con un tono mucho más amigable: "Hola Marianita, ¿cómo que está en San José? ¿Andan paseando? ¿Por qué no me avisó?"

Mariana: "Tuve un problema feo, necesito ir donde usted, no tengo donde dormir".

Michael sorprendido y tocándose la entrepierna, mientras se empieza a sentir excitado: "Yo ahorita estoy trabajando, ¿en dónde está exactamente?" En realidad, en ese momento, no estaba trabajando, estaba desempleado recientemente y había tenido un problema con su amigo, con quien compartía apartamento por los gastos y deudas que tenía con él, incluso ya había hablado con su madre para ver si podía regresar a su casa.

Mariana: "Estoy cerca de la terminal de buses de Upala, no sé cómo se llama aquí".

Michael: "Pregunte cómo llegar a la parada de buses Heredia centro y agarra un bus, cuando esté en Heredia me llama".

Mariana: "Está bien, pero ando sin teléfono, ¿puede llegar por mí ahí?"

Michael un poco molesto: "Déjeme ver cómo hago, espéreme

ahí y yo llego".

Mariana: "De verdad, muchas gracias, Michael, no tenía donde ir, todos mis conocidos son de mi religión y me metí en problemas con eso y solo usted conozco de aquí y no sabía qué hacer y perdón por no avisarle, pero es que estaba desesperada por irme de mi casa, ahora le cuento bien, pero de verdad gracias por ayudarme".

Michael fantaseando y casi celebrando, disimula y dice: "Para eso estamos Marianita, de esta salimos juntos no se preocupe, nos vemos en un rato".

Luego de colgar y con la ayuda de la encargada del café internet, se dirige a las paradas de buses de Heredia, sube a uno, notoriamente cansada y con hambre, debe viajar de pie casi todo el trayecto. Luego de casi una hora, al llegar a Heredia; recostado sobre una ventana de una tienda que vende ropa, ve a un hombre similar al de las fotos de Michael, pero extrañamente diferente, primero, lo imaginaba más alto, de cerca ve en su cara marcas de acné, todo lo contrario cuando él la ve, porque la nota mucho más hermosa que en las fotos, a pesar de andar un poco desaliñada, sí se ve muy hermosa, tanto así que desde que le habla a Michael varios hombres y mujeres no pueden evitar verla, ella, una maravilla de la genética.

Michael rompe el hielo con un abrazo un poco incómodo para ella, que a pesar de estar triste se confunde al sentir los brazos de él bordearla por la cintura, para luego sentir sus labios en su mejilla directamente, aun así, ella no se siente en peligro y decide seguirlo a pie hasta el apartamento donde él aún vive y que, para ese momento, se encuentra solo.

Luego de llegar, ella le vuelve a agradecer el gesto y le explica muy breve el problema que tuvo la noche anterior por la foto, él se burla un poco de lo exagerado que se tomaron el tema, ella es breve porque tiene hambre y desea comer algo, también bañarse y descansar. Michael le prepara un sándwich de mermelada de piña y le da un vaso con gaseosa, luego de devorar esto, ella le pregunta si puede usar el baño y le pide una toalla, él le presta la suya y ella rápidamente se mete a bañarse. La puerta de ese baño tiene cerrojo sin llave, de esos que se pueden asegurar por dentro, pero que se abren por fuera con una moneda o algún objeto que permita girar y quitarlo, cosa que Michael aprovecha cuando escucha la ducha abrirse y muy cuidadosamente quita el seguro y poco a poco, abre la puerta, lo suficiente para poder ver a Mariana desnuda, quien lava su cuerpo sin ningún tipo de sensualidad, simplemente se baña. Michael, totalmente excitado, saca su teléfono celular y empieza a grabarla, mientras toca su entrepierna y prontamente, eyacula despertando del trance que dicho acto le había provocado, luego de veinticinco segundos de video y con la evidencia de su depravación mojando sus pantalones, cierra la puerta lentamente y se va a la habitación donde ella había puesto su salveque del colegio con sus cosas dentro, entonces lo abre hurgando rápidamente su intimidad.

Ella sale del baño con una toalla, cubriéndose, se dirige a la habitación donde está Michael, lleva su ropa interior puesta, pero la misma toalla no deja ver este detalle, Michael la ve y le dice: "Usted es muy guapa, en serio", ella le sonríe, pero preocupada por verlo en la habitación, ya que necesita mudarse, él no se retira (todo lo contrario, hace que busca algo en el ropero para disimular), ella toma sus cosas y se dirige al baño donde se muda.

Ella le amplía un poco más la situación en la que está y lo que vivió, pero con más detalles, repitiendo cosas, resentida y él aún sin deseo sexual por la reciente y fracasada eyaculación y con su mente un poco más controlada, le dice que se va a retirar a comprar algunas cosas para comer y que ella debería aprovechar para dormir durante ese rato. Ella afirma alegre, porque realmente necesita dormir, ya que no lo ha hecho desde hace más de 35 horas.

Michael sale del apartamento, dejándola encerrada con el seguro de doble paso en la única puerta de salida, como si tuviera miedo de que ella se fuera, seguro por el hecho de que él no hubiese salido de la habitación cuando ella ocupaba mudarse, principalmente porque el notó la cara de ella cuando tomó sus cosas y se mudó en el baño. Ella, seguramente por su cansancio o problemas personales, ni siquiera piensa en eso y cae casi desmayada en la cama de Michael, mientras éste va a un supermercado y compra las cosas que se comprarían para hacer una pequeña fiesta; doce cervezas, dos latas de una bebida alcohólica de colores, snacks, salsas, salchichas y tortillas. Cuarenta minutos después, Michael llega al apartamento, Mariana aún sigue dormida, él acomoda algunas cosas en el refrigerador y otras las coloca sobre la mesa. Todo mientras hace bulla intentando despertarla, pero no lo consigue, por lo que abre una cerveza, luego otra y ya con un poco de licor en su cerebro decide entrar al cuarto a ver a Mariana mientras duerme, ella se encuentra de lado, sus piernas están un poco descubiertas por la delgada sabana que usó para cubrirse, ella no hace ningún sonido, se encuentra totalmente dormida, son casi las cinco de la tarde.

Luego de un rato de estar ahí, simplemente viéndola, Michael levanta poco a poco la sábana y bordea la cama intentando ver algo más de su cuerpo, se concentra en sus pechos e intenta tocar uno cuando Mariana hace un movimiento y este un poco asustado le dice: "¡Hola, buenas, Mariana, hola!" a lo que ella abre un poco lento sus ojos, lo ve un poco confundida y le responde: "Hola". Él le dice que trajo cosas de comer, que va a preparar unas salchichas y demás cosas para hablar y relajarse, ella le afirma con la cabeza, ya que aún no tiene muchos ánimos, además siempre ha sido dormilona y seguramente desea seguir ahí durmiendo hasta el siguiente día, pero se incorpora y Michael se va a hacer lo que dijo.

Luego de un rato, las cosas están listas, se sientan a la mesa, Michael le abre una cerveza se la pone frente a ella y se dirige a encender un parlante para poner música, mientras se disponen a hablar. Mariana toma la cerveza un poco animada, porque en su casa no la dejan tomar, le da un sorbo y arruga la cara, saca la lengua y dice: "¡Qué asco! Michael se ríe, toma la cerveza le da un sorbo y le dice: "Sabía que esto podía pasar" y saca una de las latas grandes con el licor de colores, lo abre y dice: "Pruebe esto", ella lo toma y dice: "¡Qué rico! ¿Esto tiene licor?" Él le sonríe y dice: "un poquito", ella examina la lata y ve que tiene 473 mililitros de líquido y 12% de alcohol, de igual forma no entiende mucho de eso y simplemente le da otro sorbo e inician la conversación donde ella empieza a contar cosas de su infancia y las limitantes que ha vivido por temas religiosos y económicos. Ya entrada la noche, Mariana, bastante mareada y tomando su segunda lata, que lleva por la mitad, se da cuenta que el licor le está ayudando, de cierta forma, a aceptar su vida nueva.

Michael, ya con siete cervezas nadando por su organismo, nuevamente se siente excitado ante la mujer que ahora, gracias al estado de su cerebro, ve como un objetivo. Conscientemente, ya ha cometido un par de delitos, el peor de ellos fue grabarla bañándose, ahora, solo piensa en someterla, pero sigue paciente esperando la oportunidad. Habían estado escuchando música de todo tipo, pero luego de estar un poco pasivos con lo que había programado para que sonara, una canción inicia, una que Mariana siempre baila y esta vez no fue la excepción, se pone de pie y empieza a moverse con sus brazos arriba, mientras mueve las caderas, espectáculo para el cual Michael se siente privilegiado. Ella no tarda mucho en caer en los efectos de la levantada, ya que había estado sentada todo el rato desde que empezó a tomar y al ponerse a bailar, el mareo se disparó tanto, que usó las ganas de orinar que tenía, para correr al baño y sentarse, dejando la puerta abierta, lo cual desde donde Michael se encontraba no se podía ver, pero al escuchar la orina caer en el agua, él se levanta con sigilo y la ve ahí sentada con sus pantalones por las rodillas, ella lo ve y sonríe, mientras con su mano derecha cierra la puerta. Al salir del baño, la canción aún no terminaba y mientras bailaba, tomó la lata y de un solo trago vació su contenido, tirándola hacia atrás y diciéndole a Michael que le diera una cerveza, cosa que él corrió a hacer, de ahí en adelante las canciones fueron elegidas adrede para que se pudieran bailar, aunque en este nivel, la pequeña fiesta no duró mucho, ya que a Mariana se le dificultaba mantenerse en pie por el mareo y precisamente por esto, Michael, se puso de pie y aprovechó la oportunidad que estaba esperando, la abrazó cuando vio que esta se caería, ella se desplomó en él mientras se reía, cuando la sostuvo ella con una voz ebria le dijo: "Usted es mi mejor amigo y ahorita creo que mi único amigo".

Michael, con una herida en su ego y molesto, la tomó por debajo de los brazos, luego de intentar ponerla de pie por sí misma, la arrastró hasta la habitación, la tiró en la cama y la intentó besar en la boca, cosa que logró por muy poco tiempo, ya que ella, incluso en su estado, le negó el ser correspondido y esto lo molestó aún más. Él se incorporó, ya que se había acostado junto a ella en ese intento fallido de poseerla, fue a la cocina y debajo del fregadero tomó un mecate que había comprado para colgar ropa, lo llevó a la habitación y ella estando un poco dormida por su estado etílico, la ató de pies y manos, con los pies separados a cada esquina inferior de la cama, y las manos sobre la cabeza atados al respaldar. Ella no muy consciente se intentaba soltar y le decía asustada: "¿Que está haciendo Michael?" Este, ignorándola, sacó unas tijeras de la mesa de noche que tiene al lado de su cama y empezó a cortarle la ropa, primero la blusa y el sostén, dejando su pechos al descubierto, situación que la hizo recobrar más su conciencia, por lo que empezó a gritar por ayuda, para lo cual Michael le lanzó un golpe en su cara y corrió a buscar cinta, encontrándola en el botiquín del baño, con la misma le cubrió la boca y continuó cortando sus pantalones, situación que hizo que ella con mucha fuerza se sacudiera, tanto así que el mecate en sus tobillos empezó a cortarla y le provocó un pequeño sangrado. Estando ella en esta posición, con su desnudez expuesta ante un monstruo, lo ve a la cara, mientras este empieza a desnudarse, mostrando su vergüenza ante una joven virgen, que por primera vez veía a un "hombre" desnudo en persona.

Justo cuando Michael se posicionaba sobre ella para penetrarla, el portón del apartamento donde estaban sonó, al ser abierto, entonces él rápidamente sale corriendo hacia la única salida del apartamento y ve a su amigo entrar, quien al verlo desnudo, tapa aquella mala escena con sus manos y detalla las cervezas con las demás cosas y dice:

Amigo: "¿Tiene a alguien ahí adentro, idiota?"

Michael: "Sí, mi novia, la de Upala".

Amigo: "¿Cómo su novia? ¿Era cierto?"

Michael: "Sí, mañana se la presento, pero por favor, devuélvame el favor, déjeme solo hoy".

Amigo: "Pero Michael, es súper tarde, ¿adónde me voy a ir?"

Michael: "Lo mismo me pasó varias veces y aun así siempre me fui". Mientras se quedó viéndolo con cara de súplica un poco asustado.

Amigo: "Déjeme ver qué hago", mientras toma el teléfono y le marca a su novia, le contesta y él en murmuro se pone de acuerdo con ella, corta la llamada y se dirige a Michael: "Se salvó, déjeme agarrar un bóxer y una camisa para mañana y me largo, estúpido, y cuidado me gasta mis condones". Ingresa a la habitación de él y cuando va saliendo de la otra habitación; la suya, se escucha a Mariana con una especie de gemido a lo cual vuelve a ver a Michael y le dice: "Métase ya, porque creo que empezaron sin usted", mientras abrió la puerta y se fue de aquel lugar.

En la puerta principal había un seguro tipo picaporte, Michael lo cerró y corrió hasta la habitación, cuando entró Mariana se estaba ahogando, por su nariz salía vómito y ella estaba con sus ojos totalmente abiertos, los cuales mostraban su gran miedo al sentir que moría, él le quitó la cinta de la boca y ésta logró vomitar y desahogar su garganta, sus muñecas y tobillos estaban bastante cortados por la cuerda y los grandes esfuerzos de ella por salvarse. El vómito que había quedado por las almohadas y la parte superior de la cama, no detuvieron a Michael de continuar con la violación, pero lo que sí lo detuvo, fueron las heces que Mariana defecó mientras se ahogaba, de hecho, había orinado y defecado como un reflejo natural ante la muerte inminente.

La luz de la habitación se encontraba apagada y la única iluminación que entraba era del bombillo que estaba sobre la mesa en la sala, por lo que él se enteró de que a ella le había ocurrido esto cuando tocó las heces y se llevó su mano a la nariz para confirmar con el olor, entonces confundido y ya no tan excitado, se enojó mucho y empezó a golpearla en el abdomen, con sus puños, como martillando, mientras le gritaba: "Maldita estúpida, maldita perra". Los golpes rápidamente la dejaron sin aire, ahora ante el reciente terror de casi morir ahogada y con estos golpes que Michael le propinaba, su estado etílico había bajado muchísimo, prácticamente ella estaba totalmente consciente de lo que le estaba ocurriendo, lo cual expresaba con lágrimas y con un triste llamado a su madre y padre.

Michael incansable, seguía propinándole golpes, incluso sobre sus pechos, los cuales rápidamente cambiaron de tono, también lo hizo sobre su rostro, que combinaba con martilleo y ganchos, luego decide tomarla por el cuello e intentar ahogarla, pero por las ataduras de las manos, los brazos de Mariana cubrían sus orejas, por lo que le queda difícil sujetarla bien, entonces toma las tijeras, ya en un estado totalmente descontrolado y corta el mecate liberando sus brazos, los cuales caen a los costados de su cansado cuerpo, él se levanta y busca en el suelo el pantalón que andaba, le quita la faja y se dirige nuevamente a ella, quien se encuentra muy débil, ya no siente casi dolor, ella que mira hacia el cielo raso de la habitación y ve a su hermanito bebé en brazos de su madre, mientras recuerda cuando lo tomó por primera vez en sus regazos, este recuerdo la hace llorar, sabe que no lo volverá a ver más. Recuerda a su madre dándole un beso en el pelo y diciéndole: "usted es una muchacha muy hermosa, saliste a mí seguramente mi amor", ese recuerdo, además de llanto, le tira por su boca las palabras "mamita, ayúdeme".

Mientras esto ocurre, Michael toma la faja y la pone alrededor del cuello de ella, estando de pie a un lado de la cama, comienza a tirar de ambos extremos de la faja agitando su cabeza como cuando un perro sacude un trapo que desea destruir, mientras ella con su débiles manos intenta sujetar la faja, pero pierde rápidamente la conciencia, Michael no se detiene hasta segundos después de verla dejar de luchar, cuando la suelta y por impulsos del organismo de ella, intentando traerla de vuelta, para que siga luchando, las últimas órdenes de su cerebro hacen que sus pulmones intenten tomar aire, mientras su boca se abre y se cierra, pero ya es tarde, Michael le ha quitado la vida a Mariana.

Con el cadáver sobre la cama, Michael desnudo, se ha tirado en el piso de su cuarto y se ha empezado a masturbar con los pensamientos de Mariana seduciéndolo, cambiando la historia en su mente, para él lo que acaba de hacer no tiene ningún tipo de importancia, hasta que termina de hacer su indecente ritual y se le dispara en su cerebro la conciencia del grave problema que tiene encima, sin saber qué hacer, decide llamar a las tres de la madrugada a su primo Joseph, que al tenerlo en contactos favoritos le contesta asustado:

Joseph: "Michael, ¿qué pasó?"

Michael, con voz fría: "Primo, lo necesito aquí en el apartamento ya, por favor venga, yo le pago el taxi".

Joseph: "¿Usted está bien?"

Michael: "No estoy bien y por eso ocupo que venga ya, pero no le cuente a nadie para donde viene ni nada".

Joseph: "¿A quién le voy a contar a esta hora de la madrugada? Me alisto rápido y me voy, tranquilo, ya casi llego".

Casi cuarenta minutos después, Joseph llega al apartamento de Michael, toca la puerta y éste abre, lo pasa y cierra rápidamente mientras dialogan:

Michael: "Primo, ¿se acuerda de mi novia?" Michael les dijo a todos sus allegados que Mariana era su novia a distancia, lo cual era una mentira.

Joseph: "Sí, la muchacha de Upala, ¿lo terminó? ¿Se quiere suicidar imbécil? ¿Por eso me llamó?".

Michael: "La situación es que ella quería perder la virginidad conmigo, me lo dijo anoche, entonces se escapó y se vino desde allá a que me la cogiera. Pero ya estando aquí, me voy dando cuenta que es una ninfómana, ¡virgen mi abuela! Quería que la amarrara y la ahorcara y esas cosas que hacen las locas y que yo nunca había hecho eso, pero usted sabe, ella es súper deliciosa, entonces la intenté complacer. La cosa es que estábamos todos borrachos haciéndolo y pues se me fue la mano y no me di cuenta de que mientras la ahorcaba ella se estaba vomitando y ¡se me ahogó! (soltando un llanto fingido) intenté volverla, pero no pude y ahí está muerta en mi cama".

Joseph con la cara pálida y un escalofrío que le bajó de la cara al intestino, no puede hacer nada más que ir a la habitación y ver el cuerpo de Mariana desnudo, aunque ve cosas un poco extrañas, como la ropa cortada con tijera y sus tobillos cortados, pero igual decide no hacer muchas preguntas, de hecho, solo una: "¿y qué quiere que hagamos?".

Michael: "Si llamamos a la policía no me van a creer lo que pasó", evidentemente, sabe que el forense lo delatará.

Joseph con una voz de cómplice: "¿entonces?".

Michael: "Hay que deshacerse del cuerpo, ella viene de largo, nadie sabe para dónde iba, porque ella me contó que salió de madrugada y que incluso nadie sabía de nuestra relación a distancia por la religión de ella que no pueden coger y así sin casarse, entonces que piensen que nunca llegó".

Joseph que siempre se había creído un asesino en serie (sin un solo asesinato), pensó que este era el momento de jugar al malo y estúpidamente decidió ayudar a Michael.

Entonces llevaron el cuerpo al baño, con la intensión de drenarlo, para luego cortarlo en partes, cosa que les costó bastante, porque por la hora y el frío de la zona, el *rigor mortis* había llegado a ella, de igual forma, Joseph abrió la ducha para lavar las heces de sus piernas y también una espuma fina de olor muy fuerte que había emanado por su boca y nariz; cuando él empezó a hacer esto, su primo se fue por un cuchillo para hacerle cortes y así drenar la sangre. Entonces Joseph notó algo muy extraño, Mariana tenía gran cantidad de vello púbico por lo que al verlo y por una curiosidad enfermiza ve que su vulva está cerrada, como si no hubiese sido tocada o penetrada por nada ese día, incluso nunca, según le parece. Separa un poco los labios menores y aunque no sabe mucho del tema, puede ver un himen intacto tapando la entrada a su orificio vaginal, cosa que le cambia la perspectiva de toda la situación, mientras se toca el pelo pensado en la situación en la que se metió, ve a su primo llegar con el cuchillo y se dice a sí mismo en voz muy baja: "¡ay Mariana!".

Acomodan el cuerpo inclinado casi a cuarenta y cinco grados contra la pared y como si fuese un maniquí, éste se sostiene por sí solo, con los pies de puntillas detenidos por el pequeño muro de diez centímetros, hecho para que el agua de la ducha no se salga, ahí Michael le hace un corte profundo en la muñeca, se aleja un poco y regresa a hacer otro, al notar que no sale nada de sangre, esta vez lo hace con tanta fuerza que termina despegando su mano por completo, la cual tira asustado al piso, Joseph curioso la toma y se queda agachado con sus ojos a la altura de la muñeca cortada, viendo unas cuantas gotas de sangre salir de ahí, se levanta y le dice a Michael:

- "Creo que esto no va a funcionar".

Michael molesto toma el cuchillo y en un ataque de ira lo clava en la cabeza del cuerpo de Mariana y al intentar sacarlo, hace que el cuerpo caiga de lado conservando la misma postura, pero esta vez boca abajo, revelando unas manchas oscuras gigantes como hematomas por toda su espalda y parte de sus piernas por los músculos femorales, que también evidenciaban el castigo físico, las marcas de la faja, propinado por su padre menos de 48 horas atrás de ese momento, Michael dice en voz alta que él se los hizo en el preámbulo del sexo, con la faja, porque no logró conseguir un látigo a tiempo:

"Tuve que darle con la faja, porque a las sádicas les gusta esto y bueno, la desesperada no medio chance de conseguir de esos látigos que no dejan muchas marcas", sumando una sonrisa de orgullo en su rostro como si el homicidio de ella fuese un accidente por lo violento de su actuar sexual en ella, cosa que Joseph responde con otra sonrisa empática, pero sabiendo casi con total seguridad que su primo está inventando todo lo que pasó. De igual forma, sigue siendo cómplice con él y le dice que va a conseguir un carro para llevarla entera y lanzarla en algún lugar rural lejos de la zona.

Ya con el alba en el horizonte, el cuerpo de Mariana se encuentra envuelto en las sabanas sucias de la cama de Michael, Joseph había partido media hora antes y había tomado el carro de su padre prestado, con la excusa de que había vendido un mueble que le estorbaba, pero con la condición de que él lo llevara temprano donde su cliente, cosa que debía hacer antes de irse a trabajar y sin mucha conciencia, su padre que vivía en San Francisco de Heredia (muy cerca del apartamento donde estaba el cuerpo), se lo prestó, debía devolverlo el mismo día en la mañana, ya que lo usaba para trabajar como taxista informal.

Ya de vuelta, ambos subieron a Mariana y sin que nadie los viera, la metieron en los asientos de atrás de aquel carro Sedan, la llevaron primero a la zona de Concepción, pero de San Isidro de Heredia, donde desconfiados prefirieron avanzar por la ruta 32 e ingresar a una calle solitaria, donde después de un rato de espera decidieron sacarla, le quitaron las sábanas para quemarlas y luego, en otro lugar lanzaron el cuerpo en un precipicio de unos doscientos metros, después cautelosos y agitados, huyeron del lugar y prontamente, después de eliminar cualquier rastro continuaron con sus vidas, como si ese hecho nunca hubiese ocurrido, nunca lo mencionaron y no salió de la boca de nadie hasta el día que el Jagter llegó al bar Alcatraz y cerca de la barra le dijo a Michael las siguientes palabras al oído, luego que éste saliera del baño y se dirigiera hacia él:

- "Solo una cosa fue positiva ese día… que no pudiste quitar la virginidad de Mariana, lo demás, lo vengo a cobrar".

Y es que luego del día que Mariana fue tirada a ese precipicio, su cuerpo había rodado hasta un campo semi abierto, donde fue acompañado rápidamente por un tordo cantor (un ave negra del Valle Central), que había visto desde el aire a ambos sujetos lanzarla. El ave se quedó con ella hasta el anochecer, mientras hacía sus cantos habituales, cuando a las nueve de la noche, un perro negro llegó a la escena y la olfateó completa, se acostó a un lado de ella, mientras movía su cola y emitía un pequeño llanto. Pasados unos minutos, el perro se levantó y se colocó sobre el cadáver, comenzó a ladrar muy enojado, erizado, pero nunca se bajó de ella, rápidamente los perros de toda la zona, hacían eco de los ladridos de aquel animal acompañándolo con aullidos cuando en respuesta hacia ella, miles de insectos se acercaron y comenzaron a tomar partes del cadáver, poco a poco, milimétricamente, haciendo que el ave que se había quedado observando al perro, volara a un pino cercano y que el perro se hiciera a un lado, en silencio, manteniéndose cerca del proceso que los insectos iniciaron esa noche y que se extendió por dos semanas, esparciendo los restos de Mariana por un zona de unos 30 metros a la redonda, tiempo transcurrido por el cual ningún ser humano notó dicha actividad o la presencia de los restos de ella, su familia desesperada y por todos los medios posibles pedían ayuda para encontrarla. Fue un mes después de su muerte y estando aún ahí el perro, el cual se retiraba a buscar comida, únicamente donde unos humanos puros, que lo ayudaban con alimento, ignorando por qué dicho animal se encontraba en la zona, cuando en ese lugar -donde sus restos se encontraban esparcidos- nació un bello jardín, con muchas rosas blancas, las favoritas de Mariana. Y justamente esa noche -un mes después de que ella muriera a manos de Michael- tipo 9pm y en medio de ese jardín, que parecía ser hecho por ángeles mismos, se encontraba el misterioso hombre sentado, llorando amargamente, mientras acariciaba la tierra, como escuchando una triste historia, aquel hombre misterioso que ya no lo era, que ya no usaba su nombre y quien servía a un dios oscuro, a la contraparte del perdón, a aquel dios que se le otorgó el reino de la venganza, por la cual se le llama demonio.

BASTARDO

Son las 6:32 de la mañana del mismo lunes, Joseph recuerda cuando vio la desnudez del cuerpo de Mariana y ahora en la situación que se encuentra metido, entra en razón y reconoce para sí que ella fue víctima de Michael, que él mismo fue cómplice al decidir ayudarlo a deshacerse del cuerpo, aunque él ignora lo que el Jagter le dijo a Michael al oído, sabe que en su vida no había cometido un delito antes más que robar de niño mil colones ($1.7) a su madre, siempre fue admirador de algunos asesinos en serie y él creyó ser uno, a pesar de que en su vida nunca había matado siquiera una gallina para comer, entonces intentó hacerse el fuerte, pero desde esa madrugada sueña con ella, incluso la ve viva, bailando y cuando le va a hablar siempre despierta de golpe asustado con la conciencia sucia, a pesar de que en su vida antes del suceso, únicamente, la había visto en un par de fotos, síntomas de mal de conciencia, que logra calmar un poco al escuchar música pesada cuando va camino al trabajo.

Aún sentado a la mesa, toma el teléfono y empieza a buscar información en internet, relacionada con los eventos sobrenaturales que ha vivido. Inicia con "vengadores reales" a lo cual no encuentra más que referencias y montajes en video de algunos seres fantásticos, luego piensa en Noemy y busca "brujas blancas reales" y se encuentra con personas que ofrecen servicios de pureza y enamoramientos, pero nada que parezca serio o real. Se anima a ir un poco más allá, digita "Jagters" y solamente encuentra artículos sobre armas y personas que cazan animales sin encontrar nada anormal.

Ansioso sigue con diferentes búsquedas, cuando a su mente llega el relato del esposo de Noemy, el de los perros, entonces digita: "Perros comen humano en manada" y no encuentra nada más que unos cuantos videos de sitios web macabros, pero sigue bajando en los resultados de esta búsqueda, hasta que ve un título que dice "La maldición del perro" y al abrirlo encuentra el relato de una mujer de 48 años que asegura que su madre, de casi 80 años, está en la cárcel por un crimen que no cometió, en este relata que ella siendo una niña recuerda muy bien lo ocurrido y que su madre fue rescatada de los constantes abusos de su pareja por un hombre de barba puntiaguda, vestido de negro, con el pelo largo por los hombros y presentan en el artículo un montaje fotográfico de su apariencia, la cual es bastante similar al Jagter que lo siguió. Hasta ahí Joseph se encuentra bastante interesado, pero se pone de pie de golpe, agarrando el teléfono con ambas manos y leyendo en voz alta una parte resaltada que dice: "al poco rato del hombre irse muchos perros llegaron a donde estaba el hombre agonizando, estaba tirado con una herida en el pecho y empezaron a devorarlo…".

Entonces, busca toda la información posible sobre la mujer del relato y logra dar con ella al ubicarla en Vásquez de Coronado, una zona no tan cercana, pero que queda al otro lado de la ruta 32, también la ubica en una red social y le envía el siguiente mensaje:

"¡Hola! Estoy muy interesado en la historia de su madre, me gustaría mucho poder obtener más información para una investigación que estoy haciendo sobre el hombre de barba, que dice haber visto, creo saber dónde está".

Sin recibir respuesta inmediata y ya con un tema más claro que buscar, amplía la búsqueda a "Jagter. La maldición del perro" y encuentra relatos, en los cuales personas han desaparecido luego de haber reportado que un hombre vestido de negro con características similares los acecha, aunque no todos coinciden con la descripción física que él tiene, pero sí nota que en todos los casos que lee ve la misma forma de operar, donde perros en manadas son vistos con comportamientos extraños, acechando cerca de lugares, donde fueron vistas por última vez dichas personas, que, en su mayoría, siendo hombres, parece que fueron borrados de la faz de la tierra.

Muy asustado y recordando las palabras de Noemy, escritas en el papel, haciéndolo sentir que debe confesar lo que hizo, piensa en llamar a su madre y tía o incluso, a un sacerdote, pero detallando en las palabras de aquella nota, sabe que no son los indicados, porque al final de cuentas es a la policía a quien debe acudir y entregarse por lo que hizo, pero pone en balance su vida y pasar el resto de sus días encerrado, entonces desiste de entregarse y prefiere correr el riesgo, cosa que durante minutos medita, hasta que recibe un mensaje de la red social, es de Patricia, la mujer a quien había escrito sobre el artículo que leyó anteriormente, el mensaje dice:

"Hola, claro, ¿cuándo desea que hablemos?". Al verla en línea le responde y le pide el número de teléfono para coordinar y esta se lo proporciona casi al instante, él, como si de eso dependiera su vida, la llama de una vez:

Joseph: "Hola buenos días, ¿Patricia?".

Patricia: "Hola, sí, buenos días, ¿quién me habla?".

Joseph: "Yo le acabo de escribir, quería saber por lo del caso de su madre".

Patricia: "¡Ah sí claro! ¿Joseph? Bueno, con mucho gusto, pero llegue a una venta de comida que tengo en Moravia, porque estoy saliendo en este momento para ahí".

Joseph un poco preocupado, porque no desea salir: "Esta bien señora, muchas gracias, ¿cuál sería la dirección?".

Patricia: "Fácil, a un costado de la iglesia de Moravia, busque "donde Patri", así dice el rótulo de mi negocio".

Joseph: "Listo, mil gracias, nos vemos".

Cuelga, se alista, toma un cuchillo de sierra que es para cortar pan, lo echa en una mochila que tiene y toma un bus a San José, la parada está casi al frente de su apartamento, y luego en San José, sube a otro bus que lo lleve a Moravia, donde Patricia, con el objetivo de saber un poco más del tema que lo envuelve. A eso de las 11:13 de la mañana bajo el letrero que dice "donde Patri" en grande y abajo en letra más pequeña, "café, almuerzos y comida rápida", Joseph está ahí, dudoso, necesita fuerzas para entrar, porque sigue luchando contra la paranoia de ser seguido por el Jagter.

Ya adentro ve a una señora pequeña, un poco pasada de peso, con anteojos que le amplían el tamaño de su mirada, con un delantal de flores grandes y un pañuelo rojo puesto sobre su cabeza, moviéndose rápidamente, mientras revisa la comida que prepara junto a una muchacha morena, delgada, quien parece ser su ayudante, sabe que entre las dos solo una calza con Patricia y por eso, se dirige a la señora:

"¡Hola Patricia! Soy Joseph".

Señora: ¡Hola! Patricia está en el baño, ya casi sale, ¿desea algo de comer o puedo ayudarlo en algo?". Sonriéndole mientras se sigue moviendo de un lado a otro.

Joseph: "Disculpe, qué pena, la espero aquí sentado". Mientras señala una mesita con dos sillas que está atrás de él.

No mucho después, unos 6 minutos, sale una señora un poco más alta, morena con grandes piernas gruesas, un pantalón holgado, pelo corto rizado, anteojos y una mirada dulce, camina un poco desbalanceada como si tuviera un problema de cadera, mientras se pone un delantal, observa a Joseph y lo saluda con una sonrisa, mientras ingresa a la cocina que está expuesta al otro lado del mostrador, ya cerca de ambas mujeres, la señora de anteojos le señala a Joseph con los labios y le indica a Patricia que él la busca.

Joseph, al confirmar que ésta sí es Patricia, se pone de pie y la saluda, ella con la mano le pide que se siente, mientras toma dos vasos, se sirve una bebida color café que empaña rápidamente el vaso por lo fría que está, luego le pregunta desde adentro a él: "¿Le gusta el refresco de tamarindo?" Joseph, con una sonrisa, acentúa que sí, ella le sirve lo mismo en el segundo vaso y camina hacia la mesa donde está Joseph y se sienta. Abriendo la conversación así:

Patricia: "Hola, mucho gusto, ¿entonces viene a saber más del caso de mi madre?".

Joseph: "Sí señora, me interesa mucho saber todos los detalles, estoy haciendo una investigación para la Universidad y quiero detallar cada cosa nueva, ya sabe, para intentar llegar a conclusiones específicas sobre este hombre que usted relata en la entrevista, esa que leí en internet; por cierto, de antemano muchas gracias por recibirme así, tan rápido".

Patricia: "Mi madre está muy mayor, tiene ya más de 30 años encerrada en el Buen Pastor (cárcel de mujeres), por supuestamente matar a su pareja, un tipo que nos maltrataba mucho, tanto a ella, como a mis dos hermanos y a mí. Por todos los medios he intentado demostrar que ella no es y nunca fue capaz de matar a un hombre mucho más grande que ella, que trabajaba en el campo, quien era pesado y fuerte, menos de destazarlo y alimentar a los perros, como dijo la policía en el juicio, pero bueno usted me dijo que podía saber quién fue ese tipo, es así ¿verdad?".

Joseph: "El tema Patricia, es que estoy seguro de que ese tipo sigue vivo (haciendo cara reveladora), yo no sé si usted cree en este tipo de cosas, pero parece que tal vez no sea un ser humano como usted o como yo. He leído que desde hace mucho tiempo ha hecho algo similar, principalmente lo de los perros, incluso en tiempos muy recientes". Con ganas de contar lo de su primo con cautela, para que no sepan que este tipo es un Jagter y que lo hace por un motivo de ajusticiamiento contra sus presas.

Patricia nada sorprendida: "Ya lo sé, es una especie de asesino de malos, posiblemente algún tipo de alma en pena me imagino, pero igual yo no puedo contar eso, ni todo lo que vi ese día ante un juez, porque pensarían que estoy loca, lo único que busco son más casos o testigos que me ayuden a demostrar que él existe, que es una especie de asesino en serie, así tal vez liberen a mi madre, al notar o comprobar que sí existe, pero la poca gente que se me ha acercado, dejan de contactarme al poco tiempo como si se los tragara la tierra y bueno, también atraídos por el mismo artículo que usted leyó, nada tangible Joseph, nada demostrable, siempre eficaz el bendito tipo endemoniado ese".

Joseph con un tic en el ojo se traba un poco antes de continuar: "Sí, este…, bueno en algunos casos, parece que mata solo por matar según parece (intentando verse víctima si se enteraran que lo anda cazando a él), pero el tema de los perros es lo más complicado, porque no es una manada de perros en sí, son los perros que están cerca de donde ocurren los hechos los que actúan, como si un amo superior los llamase a comer".

Patricia: "Exactamente, ¿usted sabe de algún caso reciente, que pueda usar para ayudar a mi madre? Porque ni por buen comportamiento ha podido salir, le faltan 5 años mínimo ahí encerrada por reducción de la pena, pero no creo que llegue viva a su liberación".

Joseph: "Bueno, escuché algo que pasó no hace mucho cerca de donde yo vivo, en San Isidro de Heredia, pero nada que pueda demostrarse, porque en este caso, los perros no dejaron nada más que un pequeño charco de sangre, por lo que no se sabe si es sangre humana o no y nadie vio cuerpos humanos o así", evitando el contacto visual, mientras se le ve curvándose en la silla cada vez más, porque su angustia le jala el intestino grueso. Y continúa:

"Usted podría contarme lo que vio ese día por favor, no importa si relata algo paranormal o que usted considere surreal, me gustaría saber todo, yo incluso, le puedo pasar luego mi documento para que lo revise y le borro lo que a usted no le guste". Sin capacidad de mentir vuelve a ver a Patricia a ver si ésta le permite conocer su historia.

Patricia con una mirada aburrida, por lo que va a hacer, observa a sus cocineras al otro lado del mostrador de su pequeño negocio y acerca la silla a Joseph, mientras coloca su antebrazo completo en la mesa, luego de poner el vaso con su refresco en medio de ésta, como si le fuese a contar un secreto, suspira un poco e inicia:

"Yo tenía unos 9 años en ese momento, mi hermano mayor unos 11 y mi hermanito menor, que es hijo de ese señor -el novio de mi madre- tenía unos 9 meses de edad a lo mucho, para ese momento, el día que vi por primera vez a ese ser. Mi padre biológico se había muerto, él, mi papá, era un señor normal, algo machista, pero muy amoroso con nosotros, se murió poco después de que le dijeran que tenía cáncer en los pulmones, por fumar casi toda su vida y le cuento esto, Joseph, porque poco después de su muerte, este señor -el papá de mi hermano menor-, empezó a visitar a mi madre, a ayudarnos con comida y otras necesidades que teníamos, esto es algo que todos agradecimos de corazón, pero él ya tenía familia, tenía hijos grandes que habían partido del hogar incluso, pues seguramente al saber de la muerte de mi padre, este señor sintió pena por la viuda y sus hijos —o sea, por nosotros-, bueno, pero casualmente al año de esto (que empezó a visitar a mi mamá), la esposa de este señor se murió de causas naturales, amaneció muerta así nada más, sé que era una señora asmática muy enferma y aparentemente sufrió de un ataque mientras dormía y bueno, gracias a esto al menos nunca se enteró que mi madre estaba embarazada de quien en ese momento era aún el marido de ella, cosa que desató la furia de algunos de sus hijos, que por las malas lograron echarlo de la casa, entonces para no hacer más grande el problema, nos fuimos nosotros también con él a una cuartería lejos del lugar, lejos de aquel barrio.

En dicha cuartería vimos todo tipo de cosas, principalmente cosas relacionadas al consumo de guaro de caña, también había cuartos que seguramente los usaban algunas prostitutas, porque ahí era donde más cosas feas escuchábamos o veíamos cuando mi hermano y yo salíamos a jugar en los pasillos, a veces por los huecos de las latas -de la que estaba hecha la mayor parte de la estructura- vimos también cosas que no debimos ver para nuestra edad, pero bueno, traumas y distorsiones de una niñez fea que tuvimos.

Todo empezó una noche, cuando ya teníamos más de un año de vivir ahí, tipo 9:00 pm, estábamos jugando en una caja grande, que había dejado uno de los otros inquilinos en el patio de la cuartería, mi hermanito pequeño, el bebé, estaba en nuestro aposento, tomando leche de mi madre, ambos acostados, mientras escuchaban música de un pequeño radio viejo, a esa hora, ese señor no estaba, porque normalmente después del trabajo se iba a tomar licor, para luego llegar borracho a donde dormíamos. Justamente mientras jugábamos con la caja que le decía, pasó que Saturno, un perro mitad pastor alemán y mitad dóberman (según decía su dueño), se puso como loco a ladrarle a la oscuridad de un gran cafetal, que estaba atrás de donde se ubicaba la cuartería. Mi madre, preocupada por el escándalo del perro salió curiosa con mi hermanito en brazos, me lo dio a mí, mientras caminaba por el pasillo abierto que daba hasta el patio donde estaba Saturno. Nosotros la seguimos con curiosidad y miedo, entonces al llegar al patio, el perro estaba metido en su fea casilla, mirando a un hombre barbudo parado a dos metros de ésta y ese era el hombre del fotomontaje, ese en el artículo que viste que hicieron los que me entrevistaron, bueno, resulta que el perro lo miraba con miedo, ya sin ladrar y siendo un perro sumamente territorial, se le acercó poco a poco, con cautela y se le acostó sobre los pies a este hombre, el cual ignoró al animal sumiso, luego, se acercó a mi madre, quien como hipnotizada salió a su encuentro , quien la tomó de la mano, la miró a los ojos y le dijo: "¿Por qué sigues aquí?" Ella, viéndose la mano que él sujeto le tenía agarrada, la quitó rápidamente y la junto con su otra mano, la cual ya tenía sobre su vientre, como en una postura penosa, haciendo esto y soltándose de él al ver que, por el otro lado del patio, venía el tipo ese que era su pareja, mismo que no tardó en acelerar el paso y ponerse frente al hombre barbudo, diciéndole a la cara:

- "¿Quién es usted hijo de puta?"

También empujó a mi madre, casi logrando que ella cayera al piso, pero no lo hizo y a la vez gritándole:

- "¡Vaya para adentro ya!".

Mientras mi madre se acercaba a nosotros tres: sus hijos, que mirábamos asustados lo que sabíamos iba a ser el inicio de una noche terrible para todos, porque este señor era tremendamente celoso y posesivo, celos que demostró ahí mismo al intentar lanzar un golpe a este hombre de barba, quien sin ningún esfuerzo lo tomó del cuello, casi paralizándolo de inmediato y nos volvió a ver a nosotros y ponga atención, Joseph, lo que pasó luego; puedo jurar que sus ojos estaban rojos, no me refiero a la parte blanca del ojo si no a esto (señalándose el iris de ella), era un rojo intenso y demoniaco.

Tomó con la mano que tenía libre una cadena, que empezó a jalar de su costado y precisamente, en ese momento, las puertas de dos habitaciones se abrieron una tras otra -me imagino por los gritos del aterrado hombre, mientras era ahorcado por la poderosa mano de ese barbudo-, eran un muchacho y una señora mayor, los que se asomaron desde adentro del pasillo, viendo hacia el patio donde estaban ambos hombres, cosa que dirigió la mirada demoniaca de aquel ser hacia ellos, quien al instante soltó al pendejo ese para luego decirle algo al oído, sé que le murmuró algo serio, porque la cara le cambió de miedo a pánico en ese momento, hecho esto, empujó a la pareja de mi madre, tirándolo al piso, mientras se alejó rápidamente y honestamente no recuerdo hacia dónde se fue, solo se fue.

Resultó ser que ya dentro de nuestra habitación, este señor, muy enojado, de inmediato y luego de cerrar la puerta con nosotros adentro, lanzó el primer golpe a mi madre, mi hermano mayor intentó intervenir, pero recibió uno para sí mismo, quien llorando se acostó en el pequeño catre que estaba junto a la cama matrimonial de ellos, lugar donde yo estaba abrazando y tapando la boca a mi hermanito menor, que desde esa edad le tenía un tremendo miedo a su papá.

Ese carajo le gritaba a mi mamá: "¿Quién era ese malnacido? ¿Se la está cogiendo? (Le lanzó otro golpe) ¿Usted le habló algo de mi esposa? ¡Vieja cerda maldita!"

Mami llorando, respondía que nunca antes lo había visto y era la verdad, porque nosotros siempre pasábamos el día con ella o cerca de ella, en serio Joseph, nunca la vimos con nadie en cosas raras, pero ese desgraciado le seguía reclamando hasta que cuando volvió a mencionar a su esposa, por segunda vez (la que había muerto un año y resto atrás), se sentó sobre la cama y se puso a llorar, mientras golpeaba los sentidos de su cabeza (la parte lateral entre las cejas y las orejas), cosa que nunca había hecho antes, como arrepentido de algo, porque, por lo general, cuando hablaba de esa señora lo hacía comparando a mi madre de mala forma con ella, siempre dando a entender que según él, mi madre no valía ni un pelo de lo que ella valía.

Pero en fin, el maltrato fue durante todo el tiempo que vivimos en esa maldita cuartería, entonces yo no estaba tan sorprendida, pero sí asustada como siempre, resulta que después de esta llorada extraña de parte de él y casi una hora después del suceso del patio, apagó la luz, se acostó junto a mi madre y mi hermanito, quien siempre dormía con ellos y lamentablemente, como muchas veces antes, durante la noche, este asqueroso violaba a mi madre, quien siempre se negaba a tener sexo en presencia de nosotros y menos con su bebé en la misma cama, cosa que a él nunca le importó, porque la obligaba sin importar el llanto de ella que por cierto, con mucho esfuerzo disimulaba y lo intentaba principalmente cuando la sodomizaba, porque según él era para evitar otro embarazo no deseado y sé que lo hacía, porque ella le suplicaba que no lo hiciera por ahí, yo la escuchaba suplicarle, pero esto creo parecía más bien despertarle la ira que descargaba en ella violándola con más fuerza y velocidad -Patricia llorando entre palabras al decir eso-, esa noche no fue la excepción.

Ocurrió que mientras ese maldito violaba a mi madre, alguien tocó la puerta, cosa que molestó a ese señor, quien aceleró aún más la marcha de lo que le hacía a ella pero que, al ser la puerta golpeada fuertemente de nuevo, se levanta muy molesto, enciende la luz y abre muy enojado la puerta y grita:

- "¿Quién putas es?"

No había terminado de abrir la puerta cuando de un solo golpe entra el hombre de barba, botando a este señor al piso y rápidamente, cerrando la puerta, el maldito violador se levantó y se lanzó contra este ser, quien lo recibe con un golpe en el pecho y lo tira sobre la cama, mi madre cuando lo vio entrar, se levantó con los pechos descubiertos, mientras se iba subiendo un viejo pantalón roto, que usaba para dormir y todo al mismo tiempo que tomó a mi hermanito y se puso de pie en el fondo del dormitorio, entre la cama donde estaba siendo violada y nuestro catre, donde estábamos mi hermano mayor y yo, tapados casi totalmente con una cobija, solo con nuestras miradas descubiertas, viendo aquello que nunca podré olvidar.

Este ser, luego de haber golpeado al maldito ese, se puso sobre él y le puso su antebrazo en el cuello, nuevamente, lo pude ver sacar esa cadena que yo le había visto en el patio, pero esta vez pude ver que en la punta de la cadena tenía como un aguijón de metal, algo así como la garra de un águila, pero grande y aplanada.

Tomó esto y empezó a hundirlo en el pecho del maldito ese, mientras le decía unas palabras en otro idioma, no sé qué decía, pero lo decía con mucho odio, el aguijón no era muy largo, diría yo que como de 7 centímetros, ¡ah y otra cosa! Estoy segura de que sí le perforó el corazón, porque luego investigué bien con un amigo que sabe de esas cosas y le explique eso y me dijo que él cree que lo metió solo para perforarle el corazón, de forma que hubiese alguna hemorragia que le causara mucho dolor, pero que no lo matara inmediatamente, algo así como un pre infarto me imagino, bueno no sé, pero el asunto es que no lo mató ahí, sacó el aguijón ya cuando el viejo ese dejó de moverse y otra cosa interesante Joseph, es que empezó a sangrar, pero muy poco, el corte, por la forma que tenía, no le permitía desangrase por ahí, lo pude ver claramente, porque no tenía camisa y esa herida no era muy grande, la verdad espero que haya sufrido bastante ese malnacido, mientras ese aguijón le entraba por el pecho -aquí, con satisfacción-".

Luego continuó:

"Cuando este ser se levantó, volvió a ver a mi madre y se acercó a ella, le tocó la cabeza a mi hermanito que no paraba de llorar, provocando en ese momento y como si le hubiesen cantado una canción de cuna, que el bebé dejara de llorar, así sin más. Luego, le dijo a ella que no saliera del cuarto por esa noche, se lo repitió dos veces mirándola a los ojos, entonces se giró y nos volvió a ver a nosotros dos, que estábamos pasmados en el catre, siguiendo su cara con la cobija encima de nuestras cabezas. Procedió a agarrar al maldito ese de un tobillo, quien no pudo hacer nada, porque estaba totalmente inmóvil, pero que con su mirada seguía todo lo que ocurría en la habitación estando como petrificado, herido de muerte seguramente, pero de verdad no podía moverse ni emitir ningún sonido, solo movía sus aterrados ojos, entonces, lo jaló hasta que cayó al piso, abrió la puerta y lo sacó de igual forma, jalándolo a rastras, cerró la puerta y se lo llevó, escuchamos como por el pasillo -que tenía el piso de madera- sonaban los pasos lentos, llevando al patio al padre moribundo de mi hermanito menor. Mi madre nos abrazó con cierta cara de satisfacción tras lo ocurrido, pero así de la nada y acto seguido, abrió la puerta y salió tras ambos, según yo por protegerla, decidí seguirla, mientras mi hermano mayor bastante asustado se quedó en el catre, con el bebé aún calmado y sonriente.

Al final del pasillo vi a mi madre, estaba quieta, viendo el patio sin hacer nada, cuando me acerqué estaba el ser de barba, hasta ahí, en ese mismo momento, confirmé lo que me dijiste -eso de que era algo sobrenatural-, porque estaba con sus ojos totalmente encendidos, como de un fuego blanco, su pelo parecía que no era afectado por la gravedad, porque se movía hacia arriba y a los lados, de forma ondulante, el herido estaba tirado a sus pies, viendo a mi madre, de igual forma, seguía sin poder mover su cuerpo, solo sus ojos, su mirada demostraba súplica y sufrimiento de un ser vivo en agonía. Este ser gritó unas palabras al viento, muy violentas, cuando el mismo Saturno (el perro grande de la cuartería), salió de su casilla muy enojado y empezó a morder violentamente al hombre, que claramente podía sentir todo el daño que este animal le empezaba a causar.

Luego, ese hombre misterioso, esa alma en pena, se empezó a desvanecer ante nosotras hasta que se esfumó, literalmente desapareció ante nosotras. Cuando de repente y de todos lados, en serio, de todos lados, se escucharon muchísimos ladridos de perros y aullidos acercándose, los cuales no tardaron nada en llegar y empezar a devorar a aquel hombre que aún estaba vivo, mi madre en un acto de piedad intentó ayudarlo, espantando a la creciente cantidad de perros con un palo, esfuerzo inútil, porque rápidamente lo desmembraron, desollaron y destriparon, por lo que en otro acto de desesperación, intentando conservar algún resto -porque literalmente lo estaban destruyendo- para poder enterrar al padre de su hijo menor, quien obviamente ya estaba muerto, entonces mi madre tomó la cabeza que ya se encontraba suelta y corrió con ella hacia nuestra habitación, la misma tenía parte de pellejos del cuello y gran parte de la tráquea, sus ojos aún abiertos, pero con la mirada perdida.

Esta atrajo a varios perros al pasillo, pero con los demás inquilinos ya despiertos lograron espantarlos ellos mismos cuando vieron a mi madre toda ensangrentada y con la cabeza de su pareja sobre la cama, llamaron a la policía".

Durante todo el relato Joseph no emitió ni siquiera el sonido de su respiración, mientras Patricia, como reviviendo un trauma, seguía contando ansiosa:

"Obviamente todo aquello no se podía explicar con coherencia, pero ella dijo que un sujeto había matado a su pareja, que luego dio su carne a los perros, bueno básicamente contó la verdad y otra cosa, por mi edad, seguramente no expliqué bien las cosas, porque me enfoqué en lo mágico o paranormal, porque era lo que más me había impactado ese día, a mis 9 años, entonces creo que mi relato no fue ni siquiera tomado con seriedad en los tribunales, donde llevaron a mi madre, quien casi durante 8 años fue absuelta en dos diferentes juicios, pero la insistencia de los hijos de aquel hombre hacía que se apelara la resolución, quienes ya en el tercer juicio y con pruebas falsas nuevas y varios testimonios fraudulentos, lograron que la condenaran a 55 años por matar a ese maldito, que de verdad se lo merecía. Imagínese, la condenaron casi a los 10 años después de esa noche, unos meses más y prescribe, pero bueno, esa condena terminó dejándome a mí de 19 años a cargo de mi hermano menor, porque el mayor se había hecho un delincuente tiempo atrás, probablemente y digo yo que se hizo así por eso que vimos o vivimos desde niños. Entonces así está todo, mi madre lleva casi 30 años encerrada como le decía y de verdad me gustaría y necesito muchísimo poderle dar sus últimos días como se merece, yo sé que ella es inocente". Poniendo su espalda sobre el respaldar de la silla donde estaba, se toma ambas manos entre sus rodillas y luego de un suspiro agrega esto: "Si ella le hubiera hecho caso a ese ser, cuando le dijo que no saliera de la habitación esa noche, probablemente los perros se hubiesen encargado de todo, digo de desaparecer el cuerpo, nada más decimos que el viejo ese maldito se fue de la casa, creo que ese fue el único pecado o error de mi madre aquella noche".

Joseph ya no puede disimular, pierde la mirada, agacha su cabeza y se toma el pelo, suelta un suspiro largo, para terminar aspirando aire con un sonido que llama la atención de las dos cocineras al fondo de la cocina, porque se ha dado cuenta de dos cosas, la primera es que están hablando del mismo ser y que éste posiblemente, lleve décadas matando; la segunda, que su primo Michael no murió cuando él lo pensaba, al verlo inerte a la distancia, sino más bien hasta que lo perros llegaron a devorarlo vivo rato después, cosa que lo hace sentir lástima por él, luego su piel se eriza del miedo al razonar que ese será también su destino, por lo que suelta sin pensar un "necesito ayuda", cosa que llama aún más la atención de la señora de anteojos, la cocinera que lo atendió apenas llegó, la que él había pensado que era Patricia, ella al escucharlo y tratando de buscar una excusa para hacerlo, le pregunta a ambos si desean más bebida e inmediatamente, se queda viendo a Joseph con el semblante destruido por la angustia y le pregunta:

- "¿Muchacho se siente bien?"

Tiene que repetirlo una vez más para lograr la atención de Joseph, que sigue víctima de su mente, cuando éste nuevamente les dice:

- "¡Necesito ayuda! ¡Este ser viene por mí, me va a matar!". Al borde del llanto, mientras acerca su mano al hombro de Patricia.

Pero rápidamente, antes de que Patricia pudiera emitir siquiera un sonido, la señora que estaba prácticamente sobre ellos, coloca su mano abierta sobre la cabeza de Patricia, como a 30 centímetros de distancia sin tocarla y dice:

- "*Audite tantum pax*".

Y casi como si hubiese escuchado una broma, Patricia se toma ambas manos estiradas sobre la mesa y empieza a sonreír como si su mente se fuese a un paisaje en un día de campo, quedó fuera completamente de ese momento. Seguido a esto, la señora habla a la muchacha que seguía en la cocina, pero ya atenta a lo que ocurría en aquella mesa, le dice:

- "Hillary, cierre el local un momento".

La muchacha corre y efectivamente, baja unas cortinas metálicas casi por completo, para luego también cerrar una puerta de vidrio, que está al lado de un pequeño muro como de 80 centímetros de altura, mismo que es la fachada de la venta de comidas del negocio de Patricia. Luego se acerca a los tres, mientras Joseph y la señora la seguían con la mirada, Joseph la ve imaginando lo que está por pasar un poco esperanzado, la señora solamente agradeciéndole con una sonrisa de aprobación. Misma señora que vuelve a ver a Joseph y le dice:

- "¿Lo están cazando?"

Joseph: "¿Usted es una bruja blanca? Bueno, ¿ustedes?". Mientras también vuelve a ver a la joven.

Señora: "Nada de brujas de nada, me llamo Carmen, ella es Hillary".

Joseph: "Pero ¿qué le hizo a Patricia entonces? ¿No le echó un encantamiento o así? Vuelve a verla a ella, quien está como jugando con aves en su mente.

Carmen: "Lo único que hice fue evitar que ella escuche a un hombre muerto quejarse, porque un demonio lo va a matar, o sea, entienda, si tiene a un Jagter atrás suyo es por algo y prácticamente nada puede evitar lo que le va a hacer".

Joseph aún más esperanzado al escuchar, nuevamente, la palabra Jagter le responde: "Pero hágame eso que me da más tiempo, perdóneme por tres días o así, por favor".

Ella riendo dice: "Perdóneme por tres días". Son pactos ancestrales muchacho y si una de nosotras le dio una imposición (la marca de la frente) era para que usted hiciera una conversión, confesara lo que hizo pero no, aquí está, ya casi ni se le ve la marca, (mientras baja un poco sus lentes y observa por sobre estos la frente de Joseph), así que no hay mucho que hacer, eso detiene al Jagter por tres días, pero créame que si usted no hizo lo que tenía que hacer, el demonio ese se va a enojar más aun cuando lo atrape y lo peor, es que a la Kahina que lo ayudó le van a quitar rango por ayudarlo, así que no, mejor váyase si es que quiere arrepentirse a tiempo".

Joseph: "¿Arrepentirme de qué? (como si no supiera lo que está pasando).

Carmen vuelve a ver a Hillary y le dice a ella: "Estos son los peores, porque a pocas horas de que les cobren todo siguen negando la deuda" (mientras regresa su mirada a Joseph). Hay algo con este tipo de seres y principalmente con el dios que los gobierna, ellos no cometen errores y póngame atención muy detenidamente, si un Jagter anda detrás suyo, es porque usted está involucrado en un acto atroz y para ser más directa, usted está involucrado directamente en la muerte de alguien puro, alguien inocente, alguien que pudo ser importante en el futuro, alguien quien, a la hora de morir, se marchó de este mundo sin paz. Porque según el pacto entre gobernantes, es la única forma que ellos tienen para tomar venganza sin que nadie intervenga, bueno, aunque nosotras las Kahinas creemos que si la persona se arrepiente deberían perdonarlo, pero ese es otro tema que ya no importa en este momento".

Joseph, como si despertara a una nueva realidad: "Señora escúcheme, yo no maté a nadie, lo juro".

Carmen: "Le creo, los asesinos pierden algo que usted aún tiene y lo puedo notar, pero le voy a explicar algo, para que entienda, porque usted va a ser ejecutado por el Jagter; usted ha escuchado por las religiones de todo el mundo que los humanos y seres vivos tienen alma y espíritu, pues bien, todas tienen la razón y todas se equivocan a la vez, el alma es usted o cada ser, su pensamiento presente, su conciencia y sentimientos. El espíritu es la energía vital, sus recuerdos vivos, sus deseos y proyecciones, todas las cosas que le mueven, pero que no son usted en sí, son su energía. Entonces, mientras usted tiene un cuerpo físico, las tres cosas están conectadas; su cuerpo, su espíritu y su alma. Cuando alguien muere, su cuerpo se esparce nuevamente para formar nuevas figuras orgánicas, su alma se apaga por completo totalmente, pero no se destruye, solo se apaga, pero en cambio su espíritu se esparce entre sus seres amados, quedando una parte con ellos, pero su gran mayoría regresando a la fuente de energía original, al gran espíritu".

Y ahora con un tono más de juez, Carmen, la Kahina, continúa diciendo:

"Cuando alguien muere asesinado, su alma se apaga, su cuerpo se esparce, pero su espíritu queda atrapado cerca del cadáver o del lugar donde le fue arrebatada la vida o apagada su alma, la energía que el suceso produce es tan fuerte, que incluso, seres de nuestra especie o de otra que son sensibles a estos sucesos, pueden absorber de la misma energía de aquel espíritu y revivir lo que en ella se almacena en forma de visión, tanto lo bueno como lo malo. Cuando hay justicia y perdón, los seres amados, con su propio espíritu, logran liberar o atraer esta energía y así hacer fluir todo en el orden correcto, hasta llegar al gran espíritu, como debe ser".

Joseph atento y Hillary como aprendiz, tomando nota con su cerebro mientras Carmen explica:

"El que asesina a un inocente contamina su espíritu del cual también pierde una parte al éste quedar en el de su víctima, cuya energía vital busca sin éxito irse, cuando otro ser se acerca a este espíritu atrapado y es consciente de lo que le ocurrió, pero no sirve de puente para ser canalizado a sus familiares o al perdón y la justicia, también pierde parte de esta energía vital, es decir, de su propio espíritu. Así cada persona que no libere la energía y más bien, sume al cúmulo de la misma, será juzgado cuando el dios de la venganza la detecte y llame a un Jagter, para que la libere al matar y hacer justicia a su modo".

Mientras se acerca al rostro de Joseph y le dice con voz mucho más suave: "Así que te creo, no has matado, pero parte de tu espíritu está acumulado en la energía de un asesinato y el Jagter viene a arrebatarte el resto y también tu vida".

Joseph un poco resignado y casi admitiendo su culpa: "Y mi alma, ¿qué me pasará?"

Carmen: "No lo sé, no sé cuál religión tiene la verdad, pero se apagará mientras el tiempo de saberlo llegue, el espíritu es solo energía, nosotras las Kahinas no creemos que éste sea bueno o malo, es solo pura energía, porque incluso el dios de la venganza y todos lo demás dioses están hechos de ésta, creemos que la pureza o la suciedad, el bien o el mal, están únicamente en el alma de cada uno".

Joseph: "¿Y ustedes qué son? ¿Cómo saben todo esto?"

Carmen: "Brujas no, aunque la gente que nos detecta por error cree eso, pero somos simples sacerdotisas del gran espíritu, hay malas, hay buenas, hay de todo tipo, la verdad. Nada de inmortales, ni poderes sobrenaturales, aunque a la vista de alguien como usted eso parecería, en realidad, solo sabemos leer y controlar la fuerza vital cuando hay alma, no tenemos autoridad y no nacemos así, nos formamos, como el caso de Hillary que logró encontrarme y por esto, debo educarla para que se convierta en una Kahina y espero que una muy buena (mientras le lanza una sonrisa maternal a ella)".

Joseph: "Me cuesta creer en todo esto, hace 3 días era ateo, imagínese, pero este ser, el Jagter, sin tocar a la puerta un domingo en la mañana me logró hacer creyente en minutos (intentando soltar un chiste que ninguna de las dos entendió o le hizo gracia)". Admitiendo todo agrega: "No sé con quién o cómo confesar lo que pasó, no conozco a ningún familiar de ella, no sé los apellidos de la muchacha solo el nombre y seguramente, el cuerpo ya ni está donde lo tiramos".

Terminando de decir Joseph estas palabras, cuando de repente los vasos en la mesa explotaron, Patricia que parecía metida en otra realidad vuelva a caer en la conversación, ve a Joseph y consternada pregunta qué está pasando a lo cual Carmen grita: "¡Hillary, no!" y toca la frente de Patricia, pero esta vez como provocando un desmayo en ella.

Hillary, notablemente muy, pero muy molesta, hace que las cosas en la cocina empiecen a caer a la distancia, también hace que los saleros y cosas de las otras mesas exploten, empieza a levantarse del suelo, a levitar, como a 30 centímetros, mientras en la cara de Joseph aparecen rasguños finos por la parte de la mandíbula, en ambos lados, mientras él grita muy asustado y de dolor, a lo cual Carmen aún más fuerte grita: "¡Hillary, no!" y ésta con una voz ahogada de la ira que la consume dice:

"Deseo ver al Jagter matar a este hijo de puta" mientras agrega un grito agudo que agita aún más el pequeño lugar quebrando más cosas aun y vuelve a gritar:

"¡Por favor, madre Kahina! Revela la maldición a esta mierda, por favor, gran Kahina o permíteme entregarlo yo misma al Jagter, revélale la maldición, por favor".

Carmen intentando controlar a la joven aprendiz en su ataque de ira y dándose cuenta de que posiblemente Joseph, quien ya sangra por las heridas que le está ocasionando), vaya a morir a manos de ésta, le responde: "lo haré niña".

Carmen, al decidir seguir la petición de su aprendiz, empieza a crecer y adelgazarse frente a Joseph, su pelo crece y se aplana, mientras su rostro se hace un poco rocoso, pero joven y su uñas y labios se tornan negros, de un maquillaje eterno. Coloca su mano sobre el rostro de Joseph, mano que empieza a crecer huesuda y larga, cubriendo por completo la cabeza de Joseph, mientras Hillary retorna al piso de su levitación y el ambiente se apacigua por la satisfacción que siente al ver a una sacerdotisa en su esplendor, la cual con una voz dulce e hipnotizante le dice a Joseph:

"Puedes no morir a manos de tus miedos, pero el precio es más alto que tu propia muerte, solo debes decirme que deseas saberlo".

A lo que de forma casi coaccionada y con voz baja Joseph responde: "Lo deseo".

EXECRABLE

Estas Kahinas, aunque lo nieguen, terminan demostrando que controlar, aunque sea en poca medida, la energía vital, es un gran poder y como el caso de Carmen, el simple hecho de poder modificar su apariencia física las convierte en peligrosas e indetectables, más aún si se dejan dominar por un sentimiento malo como en el caso de Hillary, que por poco termina cobrando la deuda que Joseph admitió tener, porque si todos cuentan con una energía llamada espíritu, la cual está conectada de cierta forma entre todos, teniendo entonces estas Kahinas acceso a ella, las convierte de cierta forma en administradoras de su contenido, por ende, son superiores si se comparan con un ser humano simple, como en este momento lo es Joseph, que al estar cubierto por una mano extrañamente grande cubriéndole su cabeza, empieza a ver lo que Carmen le muestra a manera de visión, que sin usar su voz, guía la revelación que podría cambiar el rumbo de su destino en este momento y para siempre.

Entonces ve a una manada de lobos acercarse a un campamento, se nota por el entorno que es un lugar o tiempo remoto, lobos que, atraídos por el olor de la carne de caza de los individuos de dicho grupo de humanos, se acercan con la intención de alimentarse.

Son vistos por un vigilante, el cual grita a los demás humanos del campamento que están próximos a ser atacados. Todo el ambiente se agita, mientras mujeres y niños se agrupan, cosa que más bien acelera el ataque de los lobos, el cual divide a la manada en dos grupos. Con escasos 8 hombres, entre ellos dos jóvenes y un anciano, se dividen diferentes herramientas, que parecen ser de arado, cubren la carne que llevaron al centro del campamento y entre fuego y gritos, intentan espantar a los atacantes.

En el grupo de mujeres y niños, se encuentran 14 humanos, de los cuales solamente hay 4 niños, uno de ellos un bebé de brazos. Sus ropas de alguna época lejana denotan el tipo de ambiente en que se han desarrollado y algo de sus creencias también. Por otro lado, la manada de lobos, cuyo primer grupo de 6 miembros se dirige hacia donde están los hombres y el segundo grupo de unos 18 lobos se dispersa por una maleza que se encuentra entre el campamento y lo que parece ser un pantano o pequeña laguna, con esto logran confundir a los varones en cuanto a la magnitud del ataque.

Dos lobos logran alcanzar al anciano que, en un descuido, queda al lado de la formación de defensa, con ataques letales rompen la piel de su abdomen, permitiéndole ver sus vísceras caer, entonces uno de los hombres se da cuenta de esto, golpea en la cabeza con una especie de pico a uno de los dos lobos, lobo que instantáneamente cae desconectado de la vida.

El otro animal en la huida queda en medio del campamento, casi frente al grupo de niños y mujeres, cuando una de ellas se levanta y con una piedra intenta espantarlo, dejando así al descubierto a uno de los niños, que por reacción instintiva intenta correr hacia la maleza, logrando llegar en pocos segundos a la misma, siendo rápidamente recibido por tres lobos que no dudan en herirlo de muerte. Su abuela que con paso lento había intentado detenerlo al verlo, cae al piso herida sentimentalmente en su corazón emitiendo un chillido agudo, el cual realmente paraliza la escena, como si ambas especies tuvieran un mismo punto de quiebra, quedan todos los seres pasmados viéndola, incluso, los mismos lobos que casi de inmediato habían tomado carne del niño para alimentarse.

Ella llora, mientras entierra sus dedos en la tierra y vuelve a soltar lo que sigue siendo un grito muy agudo, lo cual ahora llama la atención de un espíritu femenino que andaba por el lugar, un espíritu que hoy se conocería como un demonio o un ángel, pero en ese tiempo como una diosa, la cual empieza a aparecer desde el suelo frente a la anciana, poco a poco, saliendo de la tierra, como si fuese agua, con su pelo amarillo casi blanco, un rostro juvenil, pero milenario, desnuda, sin órganos sexuales, ni pezones, acariciando la cabeza de aquella que era puro sufrimiento, que rápidamente al tocarla le transmite parte del mismo para lo cual ella le dice con su voz triplicada:

- "Es parte de su naturaleza, así son las cosas en tu mundo mujer".

A lo que la anciana desconsolada responde: "Por favor, ayúdame, diosa, quítame este dolor y dame a mi nieto de vuelta".

Diosa: "No puedo, su energía ha fluido y su alma se apagó muy rápido, los lobos no hacen sufrir. Pero sí que te puedo ayudar anciana". Mientras se enternece más por ella, todos los seres vivos las observan (lobos, humanos y algunas aves nocturnas).

Anciana: "Este dolor me matará si no me ayudas, por favor, hazlo".

La diosa que pone su dedo en medio de sus cejas un poco más arriba le dice: "abrirás tu mente para ver el mundo espiritual, desde aquí un tercer ojo te permitirá entender lo que no puedo contarte con palabras, busca la energía de tus parientes y logra la paz que necesitas", mientras con la otra mano, esta diosa acaricia el piso, el cual emana energía visible, que todos pueden ver, provocando que varios hombres y mujeres caigan hincados diciendo: "¡es Allat! ¡La diosa Allat se ha mostrado!". Acto seguido, la anciana puede ver el mundo espiritual circulando por el mundo físico y a lo lejos ve la energía en forma de silueta de su amado nieto y su marido, ambos muertos instantes previos, los ve alejarse dentro de luces que circulan por las siluetas del horizonte. Cuando la diosa sabe que la mujer ha logrado la paz, le vuelve a hablar con voz muy baja para que solo ella la escuche y le dice: "ya no eres una simple humana mujer, ahora has elevado tu conciencia, serás una Kahina y podrás ver lo que nadie ve, gracias a mí".

La diosa se aleja de ella, tapándose con su dedo índice la boca, mientras se asegura que la mujer no contará lo ocurrido a todos y se acerca a unos lobos que estaban agonizado por las heridas que les habían causado los humanos en defensa de su campamento, entonces les susurra cantos, los toca curándolos, luego, girando lentamente su cabeza, ella observa a los humanos que siguen atónitos su andar, se dirige a los lobos con su mirada y diciéndoles en su propia lengua habla: "Podrán ver el alma de estos seres, porque es ahí donde su bondad y maldad se genera, serán capaces de desnudar su amor y su odio, muchos de ellos son puros igual que ustedes, podrán amarse entre sí, como si compartiesen la misma sangre, podrán odiarlos o defenderlos a muerte". Acto seguido, envió energía propia a todos estos lobos presentes aquella noche y se desvaneció de la misma forma como salió de la tierra.

Al instante, varios lobos jóvenes, casi cachorros, que estaban en la maleza, salieron al encuentro con los niños que estaban con las mujeres, las cuales, al verles la mirada tierna y sincera, no sintieron miedo, permitiéndoles el paso, quienes a su vez, dóciles y moviendo la cola, lamieron la cara de aquellos infantes, sacándoles una sonrisa y borrando aquel amargo momento cuando sentían el terror en el ambiente.

Los hombres, como si se tratase de una conversación entre adultos de ambas especies, se acercaron a los lobos grandes luego de ir por huesos con carne y tripas y los alimentaron, sellando así un pacto que se ha mantenido por miles de años hasta el día de hoy, derivando así, en una rama nueva de su propia especie canina. Intercambiando favores, entre comida y guardia, pero principalmente amor y compañía (intercambiando espíritu).

Aunque Joseph no ha recibido una palabra de Carmen todavía, empieza a entender que las Kahinas son milenarias, no sabe si esta anciana fue la primera, pero sí logra entender algo del origen de estas, la diosa Allat. También puede darse una idea de por qué los perros son usados por el Jagter y también se sorprende de la pureza de éstos. Mientras la visión en la que está metido parece hacer una elipsis de tiempo y se adelanta a un nuevo escenario, miles de años adelante de aquella primera visión.

Aquí, un hombre con barba en trenzas y cabello largo castaño claro, está llegando a una especie de campo abierto oculto en las alturas de un lugar lejano, un país frío, porque a lo largo se ven montañas cubiertas de nieve y bosques diferentes a lo habitual en estos países cercanos al ecuador terrestre (desde donde Joseph ve esta nueva parte de la visión), ahí este hombre arrastra un rollo grande, hecho de tela, entonces terminando de llegar a un costado de este lugar, cercano a una roca filosa, lo coloca con cierta delicadeza. Muestra en su tosco semblante cierto lado femenino al desenvolver aquello que viene dentro de aquella tela; el cadáver de una mujer adulta, la cual por su blanca palidez deja ver contrastadas marcas en su cuello, la cuales parecen ser la causa de muerte.

Aunque el hombre habla en lo que parece ser una antigua lengua germana, no es necesaria la traducción cuando dice: "Hoy regresas aquí a tu casa con nuestros hijos, mi amor, he traído algo para celebrar", mientras de sus largas ropas hechas de piel animal saca una cantimplora de cuero en forma de cacho y seguidamente, saca un trozo de carne seca, las cuales coloca junto al cadáver. Se acerca a ella, se acuesta al lado y la toma por la cintura, simulando para sí mismo que se encuentra aún con vida, mientras la besa en la boca apasionadamente. Acto seguido, entra en un calor interno e intenta lograr que ella le corresponda a pesar de que fue él mismo quien la mató, él es consciente de que está sin vida, entonces se levanta con ira, la toma de un tobillo y la arrastra a un hueco que estaba previamente hecho por él, donde adentro se pueden ver los tres cadáveres de unos infantes, 2 niñas de entre 4 y 7 años y el de un bebé de unos dos años, cadáveres que despiden un olor fétido, porque su estado de putrefacción es avanzado, quizás llevan días ahí.

Termina de lanzarla junto a ellos, quedando por completo tapada bajo la superficie, a pesar de que lo rocoso del terreno dificulta hacer un hueco así, el cual podría tener unos 2 metros de profundidad. Ahí luego de pasar unos minutos llorando y maldiciendo a la vez, empieza a cubrirlos con los escombros que se encuentran al lado, dejándolos por completo enterrados. Seguidamente, coloca 4 estacas hechas de pino, 1 larga la cual trata con cierto amor, y otras tres en diferentes tamaños, como dando a entender que cada una representa las vidas enterradas bajo éstas.

Las estacas clavadas sobre esa tumba, suman a un macabro conteo en ese campo abierto que está oculto en esa colina, ya que ahí se ven alrededor de 30 tumbas similares, algunas más viejas, quizás de años, porque aunque las estacas están muy deterioradas sobre éstas, las elevaciones del terreno y la similitud entre tumbas denotan que aquel lugar le ha servido a este mal llamado hombre para ocultar el dolor de alguna historia que no logra concluir, la cual lo ha tenido en un frenesí de asesinatos que seguramente por la época en la que vive y su inteligencia, ha logrado ejecutar ya por mucho tiempo.

Y es que esta especie de ritual hacía que aquel humano repitiera sin cesar lo que le hizo a su familia en un ataque de ira, al verse frustrado por un terrible invierno en el cual por su irresponsabilidad provocó que las provisiones que les permitirían sobrevivir a la cruda estación de invierno fuesen insuficientes, en un reclamo de su mujer, habría perdido la cabeza, primero asesinando a las niñas, sus hijas, disimuló culpando a los lobos, pero a los días termina matando igualmente al bebé, luego de que la mujer al no dejar de sufrir por la ausencia de sus hijas, lo tuviera descuidado y en constante llanto. De igual forma, el hombre al no deshacerse del niño a tiempo lo tiró donde estaban sus perros, alegando un ataque de estos, para lo cual su mujer reveló sus sospechas contra él, haciendo que aquí él la tomara por el cuello hasta quitarle la vida.

Siempre, ante ella, él negó ser el culpable de la muerte de los infantes, atrapando así y desde ese momento, la energía de ellos, a la cual ahora se sumaba la de su esposa. Y es que, en su frustración y soledad, empezó a formar simulaciones de su familia, intentado unirla de nuevo, cazando a mujeres y niños que se asemejaran a ésta, pero únicamente frustrándolo más, haciendo que en aquella colina se acumulara aún más energía, por la cantidad extrema de espíritus que ya superaba más de cien víctimas.

Tiempo después de la última mujer muerta a manos de aquel hombre de barba trenzada y precisamente al inicio de la primavera, aquel hombre apareció con dos niñas vivas en aquel lugar. Totalmente dispuesto a cavar una nueva tumba, les pidió a las niñas, las cuales llamó hijas desde que las raptó, permanecer junto a él, mientras realizaba aquella tarea, mismas que silenciadas lo observaban sentadas en un tronco de pino que había caído durante el invierno, mientras se abrazaban entre ellas.

El hombre que promediaba el metro ochenta de estatura, se encontraba a una profundidad de menos de sesenta centímetros sobre el nivel del piso del lugar que había elegido para repetir su ritual, justamente cuando se encontraba agachado entre el agujero que cavaba y donde estaban sentadas las niñas, apareció un ser, un demonio, de más de 2,6 metros, colosal, con una especie de traje de tela, como los que visten los dioses griegos en sus esculturas, con unas alas negras gigantes y un par de pulseras de oro sólido y como si estuviera saludando a un gran público hizo una reverencia para aquel hombre, como presentándose con los brazos abiertos, luego bajando uno.

- "¡Hola humano!", dijo, con un tono casi chistoso, para cambiar de inmediato a un semblante de ira y mientras presionaba sus mandíbulas agrega:

- "Sal de ahí, estas ante la presencia de un dios" y con su dedo índice señalándolo lo subió, alzado sin tocarlo, como quitando la gravedad por debajo de éste y lo puso fuera del hueco, mientras como atado por una fuerza invisible, cayó hincado frente al dios, el cual inicia con calma a analizar la situación que ve:

"Solo mira el desastre que tienes, hay tantos espíritus aquí atrapados que podríamos iniciar un universo con esta energía", mientras hace con su cabeza un gesto de desaprobación moviéndola, levemente, para un lado y para otro y continua:

"No me interesa saber más de usted, pero me presento (usando una voz altanera), pues sí, para los humanos soy un dios supremo, uno poderoso, tanto que tengo a cargo la venganza de todo este universo, me han dicho de muchas formas (mientras enumera con sus dedos): Némesis…, Orión…, Montu…, Erra…, Arioch…, aunque mi nombre es simplemente Kadju y sí, soy el dios que fue invocado por unas Kahinas para ver lo que hacías aquí. Y vaya sorpresa me has dado, sí que eres una inmundicia entre la inmundicia, pero así y con todos tus malditos deterioros, calzas perfectamente en un plan que tengo, entonces a partir de este momento serás mi esclavo, pero antes debo ajustar varias cosas aquí".

Vuelve a ver a las niñas y hace un chasquido con la boca, cosa que atrae a un par de grandes perros negros, que vienen por delante de una hermosa Kahina, la cual corre a tomar a las niñas y se las lleva alzadas una en cada brazo, desapareciendo las tres a la distancia de un pequeño trillo de aquel campo macabro donde ocurre todo. Luego, los perros simplemente se acercan al hombre hincado esperando una orden, mientras exponen sus dientes como mostrando autoridad, mientras la situación se agrava para el asesino en serie:

"Podría fácilmente matarte ahorita, tengo la autoridad para cobrarte las vidas que tomaste, pero la muerte es hermosa cuando llevas una vida en pena, así que, primero lo primero, quiero que revivas y seas capaz de empatizar con los espíritus que gritan por justicia, hoy vivirás la vida de cada uno de ellos, entonces muy pronto mi perverso esclavo, desearás que te mate, pero no lo haré".

Acto seguido volvió a hacer un chasquido con su boca, para lo cual los perros se pusieron uno a cada lado del hombre, que seguía hincado y con su dedo hizo aparecer una cadena sobre el cuello de cada animal, la cual sujetó sus brazos sobre la cabeza de cada uno. Los perros totalmente enojados, pero quietos, dejaban ver su ira en su lomo erizado, mientras seguían mostrando sus dientes, luego el dios, como si controlara los movimientos de las manos de aquel hombre con las suyas, hizo que las abriera, sujetando entre las orejas parte de la frente y nuca de cada animal, el hombre, que desde antes miraba al rostro al dios de la venganza, cayó vencido, pero guindando de sus brazos cuando lanzó su primer grito al cielo con sus ojos completamente blancos y encendidos, emanando una luz fuerte, que se replicó en cada perro, los cuales como posando para una escultura tomaron una postura relajada al sentarse, y así aquel asesino empezó a ver a través de los ojos de estos perros.

Al saber lo que ocurría, Kadju soltó una gran carcajada de burla y dijo entre risas maldosas:

"Así seguirás viendo el mundo, como lo ven los perros, de forma espiritual, solo que irás más allá, verás lo que pudo ser de las vidas que se vieron afectadas por un asesinato, independientemente de quien lo haya provocado y te sumaré un castigo peor, me he puesto creativo, porque te necesito crudo y feroz, para que vengues y liberes las energías estancadas por otros asesinos que al igual que tú, nunca recibieron justicia, nunca fueron perdonados, porque nunca se arrepintieron, te sumaré entonces el amor puro y real por cada ser, el amor maternal y paternal, el amor fraternal, el amor romántico, podrás sentir todos y luego, sufrirás la pérdida de la vida desde el dolor de cada tipo de amor, tu corazón estará tan herido, que entenderás porque soy el dios de la venganza, entonces tu placer y poca felicidad goteará de la sangre de los asesinos con los que alimentarás a los perros, los cuales despertarán sus instintos básicos de lobos que Allat les apagó cuando des la orden, así yo cumpliré mi parte del trato con los otros dioses al devolver la energía ya limpia y llena de paz al gran espíritu".

Kadju se voltea y ve a tres Kahinas, que llegaron al sentir la presencia de un dios y dice para sí mismo: "En que estaría pensando Allat al conectarlas con el gran espíritu", mientras les cierra un ojo y ellas no dan más que una mirada hacia otro lado para mostrar indiferencia. Luego dirigiéndose nuevamente al hombre le agrega:

"Realmente tu nombre nunca me importó y en este momento menos, pues ahora pasarás a ser el primero de una legión de cazadores a los cuales llamaré Jagters, que estarán haciendo lo mismo que tú, en todo este planeta". Levanta sus manos y hace que la cabeza del hombre quede trabada hacia el frente, mientras da otro chasquido a los perros, los cuales lo arrastran sin que éste pueda soltarles la cabeza, lo llevan hasta la primera tumba, la que está al fondo cerca de los pinos en el borde del campo abierto que él mismo había ido formando años atrás. Ahí los perros se sientan y el hombre empieza a ver, tal cual le dijo Kadju, la vida de cada una de las personas enterradas ahí, mientras que empieza a sentir el amor puro que completa su maldición al terminar rompiéndole el corazón por sufrir realmente cada pérdida. Cada vida le toma una noche, por lo que pasa ahí casi 5 meses sufriendo una a una las vidas que había tomado.

Kadju había desaparecido desde la primera noche después de maldecirlo y al saber que se había completado el recorrido de las tumbas, apareció nuevamente y dijo después de una nueva carcajada, a la cual le sumó una mirada curiosa al rostro de aquella destruida alma:

- "¡Hola humano!"

El hombre terriblemente afectado dijo: "¡Por favor, mátame!"

Kadju: "No, si esto apenas comienza mi apreciado y listo Jagter" y liberando a los perros, que se habían mantenido todo aquel tiempo obligándolo a cumplir su condena, se desvanecieron como si fuesen seres hechos de espíritu únicamente, levantó con su dedo las cadenas que habían caído al suelo e hizo aparecer un aguijón de metal en cada una de ellas, para luego decir:

"Debes herir levemente el corazón de cada sentenciado, para pasar parte de tu maldición, así éste verá, por una única vez, lo que hizo, lo que pudo ser y no será, el amor convertido en dolor y así una vez completado aquello, darás la orden a los perros para que tomen su cuerpo orgánico y apaguen su alma, la venganza estará hecha y el objetivo final completado".

Desde ese día y durante 780 años, aquel Jagter se mantuvo cazando asesinos impunes por toda aquella región, mientras Kadju necesitó miles de estos seres que colocó por toda la tierra para que le ayudaran a él y a los demás seres espirituales a liberar la energía que se iba acumulando con la creciente población humana, que cada vez estaba más degradada y contaminada de este tipo de maldad, la cual mantenía a los Jagter bastante ocupados pagando y cobrando penas.

Aquellas Kahinas, que presenciaron el origen de la maldición de los perros, (llamada así para diferenciarla de otras impuestas por los demás dioses), informaron entre ellas lo ocurrido por todo el mundo, cosa que provocó divisiones, ya que algunas creían que el castigo era desmedido e injusto, mientras otras más bien guiaban a los Jagter a nuevas presas.

Esto provocó el descubrimiento de la única forma de liberar y acabar con el sufrimiento de aquella alma en pena, es decir, matar al Jagter, (cosa que ellas sabían porque los espíritus superiores o dioses estaban obligados siempre a dar dos caminos en sus condenas), cuya forma era tomar alguno de los dos aguijones y utilizarlo para matar al Jagter, tarea sumamente difícil que en la mayoría de los casos solo podía ser realizada por una Kahina superior, específicamente quitarle una de sus cadenas, porque ellas no pueden asesinar a ningún ser, ya que irrespetarían a su diosa líder, perdiendo al instante sus poderes y siendo castigadas por Allat, que sin importar la razón de su actuar las convierte en sal.

Precisamente, después de descubierto aquello, las Kahinas de cada región del mundo, al enterarse que un Jagter andaba cazando se daban a la tarea de quitarle una de sus cadenas (si quitaban ambas inmediatamente atraían a Kadju y las cosas se tornaban letales para ellas, ya que la única forma de ser eliminadas era si irrespetaban a un dios, en este caso, al más creativo en cuanto a castigos horribles se refiere), al menos para eventualmente tener cierta autoridad o control sobre éste, haciendo el ritual Cinis, que consistía en utilizar la sangre humana de un inocente que emana de la herida hecha por este aguijón robado al Jagter, mezclada en las cenizas de un olivo, que viniera cerca de la región donde fundó una de las religiones mayores el dios del perdón. Y así, por lo general, las Kahinas de buen corazón, que pensaban en que no solo matando al asesino la energía podría ser liberada, sino logrando el arrepentimiento y confesión, portaban dichas cenizas que, al colocarlas en la frente de alguien impuro, manchado por un asesinato, generaban un perdón no vitalicio que impedía al Jagter cobrar venganza durante una tregua de tres días.

Joseph, que se encontraba en trance, viendo aquella importante revelación y sin razonar nada más allá que en salvar su pellejo, pensó y dijo para sí: "necesito el segundo aguijón para matar al Jagter". Para lo cual Hillary, que se encontraba viendo sentada en una silla que había acercado mientras Carmen lo seguía sujetando de la cabeza, dijo: "lo sabía!" e hizo una risa leve, no como de burla, más bien como si hubiese ganado un premio al responder bien una pregunta.

Joseph, quien seguía viendo todo aquello, quería salirse, pero las constantes imágenes que llegaban a los ojos de su mente, no le permitían más que viajar a través del mundo y el tiempo dirigido por la intención de Carmen, quien ahora lo lleva a un lugar en la costa, cientos de años más adelante, un lugar que Joseph puede reconocer, porque ha estado ahí de niño, solo que las personas que se encuentran llevan uniforme militar (algo extraño porque en su país no hay ejército), ve dos sujetos amarrados a un árbol, mientras 3 hombres con lo que parecen ser carabinas les apuntan, deduce que es una ejecución, la cual no tarda mucho en ser realizada, ahí ve como la vida de aquellos dos hombres se apaga. De repente, nota a una mujer joven siendo consolada por un hombre que de entrada le resulta familiar, pero cuando éste levanta su cabeza, ya que la tenía en los hombros de la mujer, revela que es el mismo hombre, de la misma edad, de las mismas características e incluso, ropa similar a la del Jagter que lo está siguiendo. No puede evitar dar un brinco en la silla donde se encuentra frente a Carmen, porque sabe que verá el origen de su cazador.

Entonces sigue en la visión, donde llegada la noche, luego de esa ejecución, aquel hombre se encuentra ahora en una especie de cabaña iluminada por lámparas de queroseno, abrazando a aquella joven, quien tiene consigo a un pequeño infante, tal vez de días de nacido, muy pequeño y aún feo.

Es fácil de entender que aquella joven es la viuda de uno de los hombres ejecutados horas antes, ya que en la pared se ve a ambos en una foto donde parece ser la boda de ellos, se le ve a ella sentada en un sillón de madera de un puesto, sosteniendo en su mano izquierda un ramo de diez rosas, no se distingue el color de las rosas, porque la foto está en tono sepia, pero parecen ser rosadas; lleva un vestido católico blanco, el que se usa para casarse, pero sencillo, sin muchos detalles, su pelo se ve diferente a como lo usa esta noche, mientras aquel hombre barbudo la consuela, en esa foto se ve ondulado y con una diadema atrás más allá de media cabeza y aunque la foto no lo permite ver, seguramente anda un moño, porque no se le ve el pelo caer por sus lados, el hombre de la foto (con seguridad su marido) se encuentra sentado en el brazo de madera derecho del sillón, usa un traje entero antiguo, de su época, en el bolsillo izquierdo de su saco lleva una rosa (con la ramita corta) y un lazo sujetándola, usa un corbatín blanco, del mismo color de su camisa de cuello alto, que sostiene su elegante rostro rasurado y con un corte de pelo de carrera casi al centro.

Ninguno está viendo al lente de la cámara, el hombre ve a la izquierda con sus ojos claros, y ella ve hacia la derecha con su mirada sensible, ambos mirando a la distancia, como si alguien los llama de diferentes extremos del lugar donde están. No hay sonrisas fingidas, porque del todo no las hay, están serios (seguramente por los protocolos de la época), eso sí, si se detalla bien, se ve que hay cierto amor que no pueden ocultar, porque él tiene su mano sobre la espalda de ella y ella tiene su brazo (a la altura de su bíceps) rosándole la pierna izquierda a él, casi como si no pudiesen hallarse separados, un lenguaje corporal algo tierno que los acusa, una gran fotografía la verdad.

Esa magia congelada en la imagen que está cerca de aquel triste momento donde ella llora, como si le hubiesen arrancado algo de su pecho, se torna cada vez más invasiva por aquel hombre que será llamado Jagter en nuestra época, pero que en ese momento no lo es, cuando le dice a ella:

"No se preocupe Lorena, cuidaré de mi sobrino como si fuese mi hijo y de ti también cuidaré incondicionalmente, vea (mientras tomaba las mejillas de ella entre sus manos, casi queriéndola besar), Ramiro ya está descansando y sabes que pagó por su pecado, lo veremos cuando nos toque unirnos a él en la muerte, allá en el cielo".

Mientras aquel desaliñado hombre siente en su corazón, que aún latía como el de cualquier hombre mortal, un latir en su cuello y tripas, porque había cierta excitación sexual y oportunista, por tener entre sus brazos a aquella mujer de la cual creía estar enamorado desde que eran adolescentes (tenían una edad similar y eran vecinos desde niños), un amor que se reducía a únicamente deseo sexual por parte de él, el cual se fue acumulando por las múltiples veces que la espió, mientras estaba desnuda bañándose o incluso, mientras ella disfrutaba del cuerpo de su marido, quien era el hermano mayor de él.

La situación queda clara por una carta escrita a mano con letra fea, la cual fue entregada a un general del ejército dos semanas antes, quien desde hacía meses venía luchando contra un inminente golpe de estado en aquel pequeño e incipiente país, la carta decía así:

"Con todo respeto al Sr. General José María Villalobos:

Con mucho pesar, pero sintiendo un amor más grande por mi amada patria que por mi propia sangre, debo poner ante usted información de su interés, mi hermano mayor, el terrateniente Manuel Ramiro Araya, ha recibido constantes visitas del famoso don Juanito Mora, enemigo y traidor de nuestra patria, sé que junto a su peón el señor Jesús de los Ángeles Vargas, han estado almacenando armas procedentes de Estados Unidos para iniciar un ataque contra nuestra soberanía, podrá encontrar pruebas de esto en la porqueriza que se encuentra a un costado de la granja principal donde vivimos. Estoy seguro de que el tema lo han mantenido muy oculto, porque tanto mi cuñada como los demás peones y mujeres de servicio con total seguridad no se han enterado del lamentable proceder de mi hermano, porque todos apoyan abiertamente al gobierno actual. Tengo que admitir que me duele mucho, pero no quiero ser partícipe ni poner en riesgo a personas inocentes, por esto y principalmente por el amor que tengo por mi país hago este escrito.

Atentamente:

Pedro de María Araya"

Dicho general, sin tiempo que perder, envió a un pequeño pelotón a investigar en la finca, donde se encontraba el acusado por su propio hermano; efectivamente, encontraron en un aposento dentro de la porqueriza (donde ponían el banano verde para alimentar a los cerdos) como 2 partes de un fusible americano y unas pocas municiones, dichos objetos habían sido puestos por el mismo Pedro de María el día anterior, objetos que había encontrado en la costa junto a una jacket militar que guardó para él mismo, dando pie a su macabro plan de inculpar a su hermano en traición a la patria, para así él asumir la dirección de las tierras de su familia y mejor aún, según su lógica, a su mujer e hijo.

Y así de una forma fría y calculada llevó a cabo el plan que terminaría con la vida de su hermano Ramiro (no usaban su primer nombre para diferenciarlo de Manuel su padre) y del hombre de confianza de éste, Jesús de los Ángeles, quien hubiese defendido a Ramiro a muerte.

Dichas pruebas fueron suficientes para corroborar lo que se decía en la carta y sin más, sin juicio justo, debido a la situación del país en ese momento, el encargado del pelotón tomó la decisión de ejecutar a ambos hombres en las afueras de la granja principal, dentro de la propiedad de los Araya, un 17 de setiembre de 1859, lugar y época de origen de la visión que Joseph ve en nuestros tiempos, sentado en un pequeño negocio de comida, mientras Carmen, la Kahina, le sostiene la cabeza con su mano agrandada y huesuda.

Unas cuantas horas más adelante, en la madrugada, mientras Pedro de María dormía en la sala de la viuda, la cual a pesar de la insistencia de este no lo dejó dormir dentro de la habitación, un sonido despertó a aquel barbudo hombre llamado Pedro de María, era un sonido como de cadenas, que venían cerca de la zona donde habían ejecutado a su hermano. Al salir vio a un gran perro negro, del cual brotaban dos cadenas de su cuello, las cuales no le bordeaban, más bien salían de su carne, éste se encontraba muy molesto, sus ojos que emanaban una luz blanca y cegadora. Él al ver el espectro de aquel animal, tomó una escopeta de cañón corto, que portaba desde hacía un año cuando se fue a vivir en la propiedad de su hermano como ayudante, luego, invocando al dios del perdón avanzó para detallar un poco más aquello, cuando de sus espaldas y como por arte de magia, un gigante colosal de casi tres metros le dijo:

- "¡Hola humano!", mientras hizo su típica entrada como función de circo.

Al escucharlo detonó el arma contra éste al dar un giro casi de película impactándolo en el rostro, pero como si hubiese dado contra un bloque de hierro sólido, solamente provocó que la bola de plomo se deformara y fuera tomada por este gigante, quien metiéndola a su boca y masticándola dice:

"No te sientas mal, la intensión es lo que cuenta". Mientras le hacía un giño con el ojo, lo señala con su dedo índice y lo hinca frente a él con fuerza sobrenatural y continúa:

"No tengo ganas de muchas explicaciones así que soy Kadju, tu nuevo amo. Ese amiguito cerca de ti te trae una sorpresa (las cadenas salen de este perro negro, que lo acompaña y se clavan en la carne del hombre hincado directamente por su abdomen, a la altura de los bolsillos de la chaqueta, mientras sus ojos se fueron tornando como los de este animal a su lado), y es básicamente esto, tu plan aunque sencillo es efectivo, aquella mujer allá adentro te creyó todo y parece que quiere y va a permitir tu compañía, a pesar de estar profundamente enamorada de la energía de tu hermano, atrapada justamente aquí, donde estamos, bueno es que según ella no tiene muchas opciones, su juventud no la deja ver, pero en fin, parece que todo saldrá como lo planeaste y *bla bla bla*. Entonces lo bueno es que nos ahorra el tiempo de observación que se supone debemos cumplir, en gran parte por la asquerosa y disimulada erección que tuviste mientras "consolabas" a tu cuñada aquí frente al cuerpo de tu hermano y la otra parte porque de arrepentimiento no tienes ni medio pelo, según la Kahina que vive por estos lados, misma que rogó porque yo creara un Jagter aquí". Mientras levantó su mano y se rascó la cabeza.

Siendo esa la primera noche, que aquel hombre, empezaba a vivir como Jagter, después de sufrir la primera parte de la maldición de los perros, dando a aquel pequeño país su primer liberador de espíritus.

Joseph en el tiempo presente y sabiendo que el Jagter que lo sigue lleva más de siglo y medio matando en la región, sale de aquella larga visión, mientras como si hubiese sido dirigido por una profecía le dice a la Kahina y a su aprendiz, que están cerca de él en aquel negocio de comidas de Patricia:

- "Yo voy a matar al Jagter, ¿Dónde puedo conseguir el segundo aguijón? ¿Ustedes lo tienen?"

"Nosotras no", le responde Carmen, "pero seguramente conoces a la Kahina que lo tiene".

SUICIDA

No es casualidad que Joseph asuma inmediatamente que la Kahina que tiene el segundo aguijón es Noemy, la primera mujer que lo ayudó y aparte de Carmen y su aprendiz Hillary, es la única que conoce, por lo que con mirada dudosa dice:

- "Noemy, probablemente, no me lo quiera dar, por eso de no hacerle caso a tiempo, pero la puedo intentar convencer"

Carmen: "Un momento, dije que probablemente la conozcas, pero de fijo ella a usted no". Mientras le nace una expresión de burla en la cara y agrega: "Es Aleida Arias, la del programa de televisión".

Joseph: "¿es una broma verdad? Es la única persona que toda la gente de este país diría que es una bruja y ahora resulta que sí lo es", con una seriedad que tambalea por las ganas de reírse.

Carmen: "primero, ninguna aquí es bruja; segundo, la mayoría de las cosas que ella hace es para que muchas de nosotras nos mantengamos del lado correcto, porque hubo un tiempo donde todas las Kahinas de aquí se la pasaban molestando a los machistas, usando personajes creados por nosotras mismas, como la novia caballo o la mona, pero bueno ella se vino de su país a colaborar y lleva más de medio siglo con el programa ese de televisión, casi que es por nosotras y el orden de nuestra forma de pensar".

Joseph: "¿Son inmortales entonces, son como una religión o secta?"

Carmen: "No y no, somos seres humanos con ciertas "habilidades mejores" (haciendo las comillas con las manos), por el contrario, pertenecemos a todas las religiones conocidas, incluso tenemos agnósticas y ateas, que creen que todo esto es científicamente real, que los dioses son seres pensantes de otra dimensión más evolucionada, pero aquí el tema es que esta señora tiene el aguijón y si usted se quiere salvar deje de estar preguntando tanta cosa y enfóquese en lo que debe hacer", mientras con la mano le hace el gesto de que se vaya.

Joseph: "Entre más sé, más oportunidad tengo de encontrar algo que me ayude a salirme de este problema, o sea, es mi vida lo que está en juego, es más, piense si yo no fuese así, claramente no hubiese venido hoy a hablar con Patricia, estaría en mi casa, escribiendo mis memorias, esperando a que llegue la muerte".

Carmen: "Lo que usted diga Joseph (a manera de sarcasmo), de igual forma a mí no me afecta en nada su situación, pero ya es hora, debería irse y ver si la Kahina superior le ayuda, porque esa es otra, probablemente ella no quiera".

Y es que aquella Kahina superior, llamada Aleida, se formó en la vieja escuela, entonces era un tanto machista, un tanto conservadora y una mujer muy caprichosa, algo que no era un secreto, ya que en su vida pública había protagonizado varios escándalos a través del tiempo, el último fue exponer a sus compañeros, los directores del canal, hablando de sus preferencias políticas para intereses propios, intereses muy comunes, pero que ella se negó a aceptar, principalmente, porque aún cree que un gobierno humano podría mejorar la situación de muchas personas, siempre y cuando sea llevado por políticos honestos y no por los empresarios que pactaban con ellos. Al final de cuentas, por ser tan querida por la gente, no terminaron su contrato, pero sí han intentado manchar su imagen para así lograr sacarla de los medios, cosa que a sus 89 años no será algo más que esperar a que la parte de naturaleza humana, llamada vejez, haga su trabajo, llamándola a descansar en algún camposanto.

Ella, la anciana y popular mujer, había sido ingresada como Kahina por su abuelita, la cual era una mujer de origen español, que viajó a Cuba, siendo Aleida una niña y precisamente ahí, donde en algún momento fue el lugar más denso en cuanto a Kahinas se refiere, se formó en el arte de manipular la energía vital y poder ver el flujo de las energías de cada quien -magia blanca-, siempre fue buena con la gente e ignorantemente empática con todas las personas, hasta que su marido fue asesinado por un Jagter, revelándole así la gran mentira en la que vivió casi toda su vida de joven adulta. Aun así, por el amor que sintió por aquel hombre, sabía que él podría haberse arrepentido antes de ser cazado, por esto decidió siempre mantener en raya a estos seres, buscando la supremacía en la dinastía de Kahinas. Terminó viviendo y haciendo una nueva vida lejos de sus tierras luego de aquel suceso, pero también, debido a las diferencias políticas, por lo que la abolición del ejército en Costa Rica llamó su atención y sin dudar, eligió donde migrar.

Sin mucho más que agregar, Joseph quien ya gastó casi dos horas en aquel lugar, decide regresar a su apartamento, desde ahí buscar más dinero e investigar donde puede encontrar a la señora Aleida, quien literalmente es la única oportunidad que tiene.

Sin ningún contratiempo a las 2:24 pm y ya en su apartamento, sale su vecino (el mismo del apartamento de abajo) y le pregunta a él si todo está bien, ya que vino la policía a buscarlo y con mirada chismosa y delatándose le dice:

- "Yo no les dije nada, bueno solo un poco de la muchacha guapa que entró con usted aquel día en la madrugada, que seguro no se ha ido, porque no la he visto salir, bueno, solo que haya salido cuando fui a hacer algún mandado al súper o así, ¿está ahí ella?".

Joseph lo vuelve a ver con cara y gesto de negatividad, mientras termina de abrir el portón de su apartamento y se mete, pero no ha terminado de subir las gradas cuando escucha a su vecino al teléfono decir con un tipo de murmullo fuerte:

- "Hola, ustedes vinieron ahora a buscar a mi vecino, el acaba de llegar por si desean venir ya a arrestarlo, de fijo viene drogado, porque ni me saludó, ahí debe tener a la muchacha que les dije amarrada, porque aún no huele a muerto". Mientras como si le hubiesen tirado el teléfono se le escucha extrañado: "¡Hola! ¿hola?".

Joseph apurado, sin tiempo que perder, busca entre sus cosas dinero para irse de ahí lo más rápido posible, pero cuando cree que ya está listo llega la policía, la cual es invitada a pasar por el vecino, quien sin ningún tipo de prudencia los deja cruzar por el portón principal de los apartamentos e inmediatamente hacen un llamado a Joseph, que pensándolo dos veces decide mejor abrirles:

Joseph: ¡Hola, buenos días!

Oficial de policía: "Que tal señor Joseph ¿verdad?" (Joseph afirma con su cabeza), en la mañana pasamos porque andamos buscando a su primo Michael, su tía interpuso una denuncia, se confirmó que usted fue la última persona que estuvo con él. Entonces agentes judiciales pusieron una orden de captura en su contra para interrogarlo, ocupamos que nos acompañe, no es necesario esposarlo ni nada solamente acompáñenos y listo".

El vecino que estaba a la par de ellos y como si fuese un policía más, agrega: "Ahí adentro este tipo debe tener a una muchacha atada como les dije, desde el viernes vino medio mal y vieras el escándalo".

Joseph como si fuese una oportunidad de oro, aprovecha lo mal intencionado de su vecino para decirles: "Pueden pasar y ver, no hay nadie aquí y si no es mucha molestia puedo aprovechar para llevarme un suéter o algo conmigo, por si me agarra tarde ahí en los tribunales".

Los dos policías que llegaron y el vecino subieron las gradas para verificar la versión de este último (por puro protocolo), entonces Joseph astutamente se colocó tras ellos y justo cuando habían ingresado bajó las escaleras, casi lanzándose por ellas y cerró con seguro el portón pequeño de su apartamento, dejando a los tres hombres encerrados.

Estando afuera aprovechó que su vecino dejó la puerta de su apartamento abierta y buscó rápidamente las llaves de su carro, se montó en el mismo y empezó a sacarlo del parqueo con tan mala suerte, o buena para los policías, que la patrulla de estos últimos estaba bloqueando la salida de los apartamentos, por lo que tuvo que dejar ahí el carro y emprender la fuga corriendo. Se metió en el cementerio y cruzó por en medio de éste, para luego brincar un muro que sirve de cerca y caer en un lote baldío, donde intentó moverse siempre por dentro y también dentro de varios cafetales de la zona para no ser visto, porque sabía que muy probablemente lo andarían buscando para arrestarlo.

Logró moverse sin ser visto por nadie por casi 4 kilómetros y ya en la ruta 32, en un lugar cercano llamado San Miguel, tomó un bus que lo llevó nuevamente a San José, donde se movilizó a la televisora, donde Aleida trabaja.

Estando ahí, llegó a la recepción pidiendo un autógrafo de doña Aleida y una foto, para lo cual la recepcionista le dijo que no había problema, pero que debía esperarla en una pequeña sala, mientras ésta terminaba de grabar.

Luego de más de una hora y media de estar ahí y después de haber preguntado por ella en cinco ocasiones, cuando el reloj marcaba las 6:28 de la tarde, una señora delgada de estatura media sale al encuentro con Joseph, cabello negro teñido, un poco rizado, bastante más joven de la edad que supuestamente tiene y con un acento un poco cubano fingido le dice:

"Tenía tiempo de que no venía un hombre joven a pedirme una foto y menos un autógrafo. Hola, soy Aleida Arias", mientras le extiende la mano como para levantarlo de donde estaba sentado con postura de aburrimiento.

Entonces él, totalmente enfocado y muy ansioso le dice: "Señora, un Jagter me está cazando, una Kahina me reveló que usted logró quitarle el aguijón, por favor lo necesito, estoy dispuesto a matarlo".

Ella totalmente fuera de lugar y realmente sin saber de qué le habla: "¿Matar a qué? ¿Qué alguien me mandó cocaína? Voy a llamar a seguridad, ¿no era que quería una foto y ya?" Mientras camina a la recepción levantando la mano.

Joseph un poco extrañado: "Perdón señora, sí, una foto por favor; es que estaba medio dormido y no sé ni que dije, estaba viendo un video de una historieta, discúlpeme".

Ella devolviéndose hacia la pequeña sala de espera, mientras él le extiende el brazo para tomarla del hombro con el teléfono levantado, se toman un selfie y él le dice: "Por favor necesito hablar con Aleida, la verdadera Aleida, es urgente, por favor ayúdeme".

Ella lo ve a la cara, luego vuelve a ver a la cámara del teléfono sonriendo y manteniendo el gesto para otra foto mientras le dice: "No sé qué me dijiste, pero Aleida está en su casa, desde hace 2 años que no viene al trabajo y yo he estado ayudando aquí, haciéndome pasar por ella, es lo único que le puedo decir".

Joseph: "¿Dónde vive? por favor, ¿usted sabe dónde vive?

Mujer: "Sé que la cuidan en una clínica, en la parte que es como un asilo",

Joseph: "¿En cuál?"

Mujer: Creo que es por donde frecuentan prostitutas de noche por los alrededores, se me fue el nombre, pero es por aquí cerca".

Joseph: "si ya sé dónde es, de verdad muchas gracias".

Esta clínica hospital se encuentra relativamente cerca, por lo cual no le toma más de 25 minutos llegar a la recepción, pregunta por la señora Aleida Arias, donde de entrada un hombre delgado que se encontraba en la recepción le dice que ahí no es ningún canal de televisión, se ríe mientras le agrega que la acaba de ver por televisión, incluso, hace menos de una hora.

Joseph, pensando qué hacer se sienta en unas bancas que están laterales a un pasillo, luego de unos cuantos minutos decide cruzar una puerta restringida haciéndose con la excusa de encontrar un baño, con tan buena suerte que nadie lo ve, avanza, busca el área de geriatría, mientras recorre los pisos de aquel lugar donde sospecha que puede estar la señora, llega donde se rotula el área, pero ahí hay únicamente un señor muy mayor acostado, en lo que parece ser una especie de salón con luz tenue, no hay división dura en la parte que da con el pasillo de este lugar, sino una cortina pesada, como un telón de teatro, estando ahí ve una flotilla de doctores jóvenes venir por el pasillo delante de él (entre hombres y mujeres unos 5), por lo que se acerca al paciente anciano que está prácticamente inerte, quien respira levemente ahí acostado, como dormido o desmayado, decide tomarlo de la mano simulando ser un familiar, entonces el mayor de los doctores, un hombre un tanto amargado, llega con el grupo junto a ellos dos, toma de la parte inferior de la cama una especie de tablilla que tiene el expediente médico del anciano y lee a los que parecen ser alumnos de medicina lo que ahí decía, mientras ignora por completo a Joseph y al anciano postrado, entonces dice:

"Paciente geriátrico en fase terminal, con diferentes patologías, pero la que lo va a terminar matando es la arritmia que pueden ver en el monitor, ¿quién puede decirnos que ocurre?"

Una alumna levantando la mano dice: "Puedo ver contracciones ventriculares prematuras, que posiblemente metan al paciente en una fibrilación ventricular, debido también a un posiblemente bloqueo cardiaco de tercer grado que aparece -mientras se acerca al monitor y señala con un bolígrafo que tenía en la boca-, justo aquí".

Médico: "Claramente el paciente entró en la etapa final de su vida, pero hay algo inconsistente en lo que dijo ella, ¿quién puede decirme que es?", mientras el grupo empieza a avanzar hacia otro sector, saliendo por la cortina y avanzando, el volumen de la conversación baja por la distancia.

Joseph congelado viéndolos irse, un poco alegre de haberse salido con la suya, brinca de repente, cuando siente la mano de aquel anciano contraerse hacia su propio torso y con una voz muy gruesa y antigua a la vez, le dice:

- "Esos hijos de puta, creen que uno no puede oír".

Joseph intentando respirar: "creyeron que usted estaba muriendo".

Anciano: "lo estoy, igual no me importa".

Joseph: "¿no tiene miedo?"

Anciano: "miedo tengo de salir de esta vivo, tengo 91 años y ni me puedo mover para ir a cagar solo, vivir sin salud es la peor maldición".

Joseph: "según ellos de hoy no pasa esa maldición".

Anciano: "Tengo 3 días aquí, siento como una paloma metida en el pecho y nada que me voy, lo peor de todo es que me mantengo vivo solo, porque si hubiese una bendita máquina solo la desconecto, mierda que es vivir".

Joseph: "Si usted supiera en el problema que estoy y aun así tengo ganas de vivir".

Anciano: "Hay muchas mujeres en el mundo".

Joseph con voz baja, casi como si se contestara para sí: "Si fuese por una novia no estaría buscando una Kahina en este hospital".

El anciano intenta sentarse al escuchar lo que dijo y abre sus ojos completamente, ya que los tenía entreabiertos: "¿Una Kahina? Yo conocí una hermosa y siempre joven Kahina".

Joseph lo sujeta de los hombros huesudos, como para escucharlo de frente y mejor: "¿Conoce una Kahina? ¿Usted conoce a Aleida?".

Anciano: "Mi esposa fue una Kahina, se murió hace 6 años, me lo contó un mes antes de morir, aunque nunca entendí bien si es un club de señoras o una religión de mujeres, pero ella era una eso es fijo".

Joseph: "¡Mierda!"

Anciano: "Y si conozco a Aleida la de la televisión, era su mejor amiga, ella ha estado viniendo a verme estos días, ahorita incluso vino".

Joseph: "Señor me urge verla, ¿usted sabe dónde vive o dónde contactarla?".

Anciano: "Ella se fue hace como media hora, le pedí que si podía ir a decirle a mi esposa que ya casi llego a estar con ella y me dijo que sí, que le llevaría flores junto con mi mensaje".

Joseph: "¿Su esposa donde está señor?

Anciano: "Espero que en el cielo… su cuerpo en el Cementerio de Obreros, no muy lejos de aquí, desde esa ventana se ve, creo -señalando con dos de sus dedos doblados por la artritis-".

Joseph, como si fuese atraído por el sonido de un accidente se asoma por la ventana del cuarto piso donde se encuentra, no distingue nada a la distancia, pero cuando baja la mirada siente un escalofrío que le nace en los testículos y le sube por la espalda terminándole en la nuca, saliéndole por la boca como si le hubiesen dado un golpe con la rodilla en el estómago, al ver por primera vez desde que es consciente de lo que ocurre, al Jagter, lo ve abajo, en la acera del frente, quien como si supiese que se iba a asomar lo mira fijamente. Entonces, pasmado se devuelve cruzando por donde el anciano estaba y muy asustado dice al aire:

- "¡Me vienen a matar!"

El anciano un poco envidioso dice: "¡échemelos a mí!".

Joseph solamente escuchó aquello que salió de la boca del moribundo anciano, pero lo analizó metros más allá, cuando como frenado por una idea repentina chilló sus tenis y se devolvió, corriendo donde el señor diciéndole: "Necesito contarle un secreto, pero ocupo que me jure que no lo va a contar a nadie".

El viejo como si le estuviesen mostrando el final esperado de su serie favorita no se pudo contener y le dijo: "A quién le voy a contar algo aquí si no hay nadie y menos algo suyo que ni sé quién es".

Joseph: "¿Pero me jura que no le va a contar a nadie? ¡Júrelo!".

Anciano con ganas de saber aquello que lo intriga: "¡que no le voy a contar a nadie! ¡Está bien, lo juro!".

Joseph casi como gritando en voz baja y acelerado dice: "Me llamo Joseph, vivo en San Isidro de Heredia, hace unos meses ayudé a mi primo Michael a deshacerse del cuerpo de una muchacha que él mató, lo hicimos tan bien que nadie se dio cuenta de nada, nunca dije nada y nunca he sentido nada por eso".

El anciano como si hubiese visto a su madre desnuda en un club nocturno, desfigura su rostro y le dice: "Maldito hijo de la gran puta por qué me contó…" mientras de forma fugaz se agarra el lado izquierdo del pecho y la máquina que monitoreaba su corazón alerta que ha entrado en fibrilación ventricular, perdiendo la conciencia en el acto, mientras Joseph retoma la huida hacia al cementerio, cruzando los dedos que aquello que acaba de hacer funcionará. Lo cual confirma minutos después, cuando ve al Jagter subir a lo lejos por las escaleras, mientras lo ignora. Sale del edificio de la clínica hospital y corre todo lo que puede hasta el Cementerio de Obreros donde se supone puede ser que esté Aleida.

A las 8:15 de la noche llega a la entrada del cementerio, el cual se encuentra cerrado, entonces lo empieza a bordear a ver si logra encontrar una posible entrada, pero no es así, cuando está en la esquina noroeste del cementerio se devuelve rápidamente a la entrada, luego de ver a lo lejos al Jagter, el cual viene muy molesto, se le nota en su lenguaje corporal.

El portón de la entrada de ese cementerio está hecho de una rejilla con adornos victorianos, entonces cruza al otro lado del portón poniendo los pies sobre estos y se lanza desde arriba, lastimándose un tobillo al caer mal, ahí, un poco rendido, ve al Jagter llegar frente al portón, pero a pesar de que se encuentra a pocos metros, este parece no verlo, llamándole la atención tanto, que decide acercarse renqueando al portón, prácticamente a medio metro de este ser y confirma que no lo puede ver, por lo que con un valor desmedido saca su mano poco a poco entre las rejillas del portón para intentar entender que está pasando, pero haciendo que este ser rápidamente lo note y lance un ataque contra su brazo, el cual solo logró rozar, porque pudo meterlo rápidamente, aun así, no sin antes ver a Mariana jugando con su hermano en lo que parece ser la sala de su casa y sentir una terrible angustia que lo vuelve a tirar al piso casi sacándole las lágrimas, pero esta vez por un dolor en sus sentimientos.

El Jagter, como si hubiese un muro que no le permite ver, dice: "No podrás estar ahí adentro por mucho tiempo y cuando salgas pagarás todo Joseph, aquí viviré si es necesario".

Joseph corre hacia el centro del cementerio buscando refugio, pero principalmente un plan que le permita alargar su vida entonces decide sentarse en el muro de una especie de fuente que encuentra a unos 50 metros del portón, cuando una mano que sale de la oscuridad toca su hombro, dejándolo helado y con la espalda recta, entonces escucha:

- "¿Es a ti a quien busca el Jagter?"

Esperando ver a un fantasma puesto que ya cree en todo, lentamente voltea y ve a una señora joven, con un velo negro sobre su cabeza, rostro blanco y ojos muy negros, a pesar de que en ellos rebota una luz de un poste que está en medio de aquella fuente. Se queda congelado, da una respuesta positiva, moviendo la cabeza de arriba hacia abajo y cruzando los dedos pregunta:

"¿Aleida?"

Ella un tanto sorprendida, porque no es la forma típica en la que se ve cuando la llaman así: "¿Me conoces?".

Joseph: "No realmente, pero sé que eres la Kahina suprema de aquí y que usted tiene el aguijón de ese Jagter de allá afuera".

Aleida: "Por lo que veo usted no tiene idea en lo que se está metiendo, pero la ley dice que si un condenado desea intentar matar al Jagter está en su derecho sin ser cuestionado", mientras empieza a caminar y se le ve un ramo de flores, entonces Joseph rápidamente se le pone a la par y camina a su mismo ritmo y le pregunta:

- "¿Entonces sí me lo va a dar?"

Aleida: "Este ser, Pedro de María como le llamaban cuando era un humano, llevaba más de 130 años con sus dos aguijones, pero aun así, las Kahinas de aquí nunca mostraron ningún interés en tener algún tipo de control sobre la maldición de los perros, pero yo había perdido a mi esposo por algo que estoy segura él hubiese resuelto antes de ser asesinado, porque era un buen hombre, pero una vez que el Jagter se pone a cazar, aunque se arrepienta el condenado, ya no hay marcha atrás a menos que tenga la tregua del ritual Cinis, que es el perdón, pero lamentablemente quien lo seguía, un Jagter casi milenario que había sido maldecido en España, el cual portaba aún sus dos aguijones, por lo que yo no pude hacer nada, me enfrenté a él pero de nada sirvió. Cuando vine aquí lo primero que hice fue eso para crear las cenizas y darles tres días a los condenados, para que se arrepintieran, pero nunca lo hice con la intención de que alguien intentara matar al Jagter, como quieres hacer, pero tengo cenizas, puedo darte tres días de perdón para que confieses con quien debes hacerlo y así no ser ultimado por ese demonio"

Joseph: "¡Por favor! Me arrepentiré solo necesito más tiempo".

A lo cual aquella mujer que seguía caminando sacó de su bolsillo un pequeño paquete, metió el dedo índice de su mano derecha y lo sacó untado de cenizas, las cuales puso en la frente de Joseph y le dijo: "Con esto podrás hacer lo que debes hacer".

Joseph inmediatamente gritó como si lo quemara un ácido y precisamente donde las cenizas tocaron su piel empezó a desprenderse y emanar casi de inmediato sangre, con el rostro ensangrentado le dice a Aleida: "¿Qué me has hecho?".

Aleida: "Eres doblemente estúpido, primero por querer engañarme y segundo por no haberte arrepentido cuando tuviste la oportunidad, la tregua es de tres días únicamente, no más y aparte, esto me dice mucho de por qué el Jagter te va a matar, no eres capaz de sentir remordimiento por tu cuenta".

Joseph efectivamente sintiéndose muy estúpido le dice: "Perdón, debía intentarlo, porque tengo que planear bien como matar al Jagter, pero bueno, necesito el aguijón por favor démelo".

Aleida mientras retoma su marcha: "Realmente donde moran los Jagter cuando no andan cazando condenados es todo un misterio, aunque asumo han estado ocupados por cómo han estado las cosas en el mundo. Te cuento, Pedro de María fue difícil de engañar, pero al final logré someterlo para arrancar de su carne una de sus cadenas, lo hice curiosamente de la manera más sencilla, le hablé desde el pasado con la voz de su cuñada, a quien él creía amar".

Joseph: "Por favor, Aleida, me da miedo que el Jagter venga y yo no esté listo, démelo ya".

Aleida como callándolo con esta respuesta y subiendo el volumen de su voz: "Él no puede entrar ni ver dentro de este cementerio, porque aquí descansan personas puras que fueron amadas por miles de humanos a la vez, entonces parte de todos estos quedó aquí en los restos de aquellos famosos, nada mal, pero algo ilógico creo yo el desperdiciar energía vital así, pero este lugar es realmente un camposanto, si es que entiendes a qué me refiero".

Siguen avanzando hasta que llegan a una tumba donde ella se agacha y coloca el ramo de flores que traía, las acomoda y tararea una canción, mientras Joseph con insistencia pregunta dos veces más por el aguijón, para lo cual presionando sus mandíbulas y como si fuese la dueña de la fuerza de un tractor, entierra su brazo izquierdo casi por completo en la tierra frente a esta tumba, hasta quedar casi acostada y luego de estar alrededor de 3 segundos en esta posición, se levanta y saca de ahí adentro la cadena con el aguijón del Jagter y como cuestionándose a sí misma le dice:

- "Probablemente sea lo más estúpido que haga en mi vida, pero no puedo irrespetar a ningún dios, así que toma esto, espero no tener que volver a quitarle esto a ese demonio después de que te mate él a ti, aunque eso es casi un hecho. Otra cosa, debes saber que, si te vuelvo a ver, será en otros términos".

Joseph con muchas preguntas en sus ojos se le acerca un poco desesperado: "¿Qué hago con esto? ¿Solo se lo tiro?".

Ella como si hubiese escuchado un eructo cierra los ojos, se toma la frente y mueve su cabeza como negando lo que acaba de escuchar y le dice: "Tienes que hacerle primero lo que él te va a hacer a ti, o sea, clavarlo en su corazón".

Joseph como si le asignaran una misión suicida: "Me cago en la puta vida".

Aleida: "Bueno, si quieres sobrevivir, debes hacerlo en el lugar donde está el espíritu de tu víctima, porque sé que la hay, si no, no estarías en esta situación. Recuerda si no lo haces ahí, no funcionará".

Joseph: "O sea, debo ir donde está el cuerpo de la muchacha y ahí intentar clavar esto en el pecho de este ser que lleva años matando a quien sabe cuántos asesinos, que aparte tiene poderes demoniacos y cosas que yo no". Mientras toma la cadena con fuerza la acerca a su cara que sigue ensangrentada y deja caer la mano con la que la sujeta como en un estado de rendición y agrega: "¿No es un poco injusto?".

Aleida: "Tal cual estoy segura lo fuiste con tu víctima, pero con la diferencia que la muchacha que mencionaste no lo merecía, tú sí". Deduciendo ella esto, sin ganas de saber porque el Jagter lo sigue.

Joseph: "¡Yo no maté a nadie!".

Aleida: "Y yo no necesito explicaciones, haz lo que tengas que hacer", mientras empezó a caminar y a encorvarse mientras su cuerpo y rostro se envejecían con cada paso que daba y con otra voz, una mucho más anciana le dice: "Me voy".

Joseph estático viéndola caminar -ahora a paso muy lento-, la deja alejarse hasta que no la ve más, entonces él se sienta sobre una lápida que queda frente a unos nichos y ve uno abierto, ahí decide meterse a pensar, según él para pasar desapercibido y por la larga jornada que ha tenido desde que salió de su apartamento queda dormido ahí, duerme tranquilo porque aquel camposanto parecía ser una zona segura del Jagter, duerme hasta el día siguiente.

En la mañana, con un chorro de agua lanzado desde un recipiente para regar plantas lo despierta el jardinero del cementerio con un grito:

- "¡Largo de aquí maldito indigente! ¿Cuántas veces hay que estarles diciendo que no se metan aquí a drogarse?"

A lo cual Joseph cayéndose y levantándose, al mismo tiempo, sale del nicho y empieza a correr hacia el portón con el jardinero atrás diciéndole que va a llamar a la policía. Fuera del cementerio se asegura de llevar la cadena con el aguijón y con lo mojado que quedó se limpia del rostro la sangre seca que le había salido de su frente la noche anterior, luego, cae en razón que ya no está en zona segura, por lo que empieza a moverse con evidente paranoia, pero no ve al Jagter por ningún lado en ese momento, para el cual el reloj ya marca las 7:18 de la mañana del martes.

Avanza entre paso rápido y lento para descansar del hambre que lo aqueja, se revisa las bolsas y encuentra un billete de 2000 colones ($3), se detiene muy rápido por un bocadillo de pan y un café en una panadería, quedándose únicamente con el efectivo para pagar el bus, pero justo cuando apenas ha dado un mordisco al panecillo relleno de papa y picante, ve al Jagter aparecer muy cerca de él, por lo que tira todo y corre despavorido hacia la estación de buses para poder tomar uno que lo deje cerca del lugar donde Mariana, fue arrojada.

Al llegar ahí, hay una enorme fila de personas esperando el autobús, el cual se encuentra parqueado, cerrado y apagado. No se ha terminado de formar en la fila cuando nota al Jagter llegar y colocarse en la misma fila, pero dos personas más atrás. Al ver esto recuerda que mientras haya personas ajenas al problema, este Jagter se abstendrá de atacar, por lo que en ese momento intenta idear un plan que le permita llegar sano y salvo a los restos de Mariana, donde se supone es el único lugar donde puede defenderse y matar al Jagter.

Aquel ser, mismo que no para de verlo, pero no hace más que eso, se coloca en posición de avance en la fila cuando abren el bus. Poco a poco, la fila se acorta hacia éste y justo cuando faltaban cinco personas delante de Joseph, el chofer empieza a cerrar la puerta porque el bus está lleno, entonces al percatarse que esto está ocurriendo, Joseph se adelanta violentamente en la fila y se mete entre la puerta que ya estaba media cerrada, para lo cual el chofer molesto le grita:

- "Bájese que no puede ir nadie de pie por la autopista y ya está lleno".

Joseph viendo a los pasajeros más que al propio chofer le responde: "Me siento en la grada del último asiento, pero por favor lléveme, me urge llegar a mi casa, es muy urgente, por favor".

Chofer: "¡Baje ya!" Mientras abre la puerta del bus.

Joseph sigue viendo a los pasajeros, mientras algunos se ponen a favor del chofer y empiezan a mal encararlo, pero en la cuarta fila del lado derecho del bus, una señora cincuentona que lleva a un niño de unos 3 años a su lado levanta la mano y le dice al chofer:

- "Yo siento a mi nieto en mis regazos y le doy ese campo".

El chofer con ganas de querer irse ya; cierra con cólera la puerta del bus y le dice: "Apúrese, siéntese".

Joseph agradecido avanza hacia el asiento que liberó la señora, pero lo detiene el chofer nuevamente: "Tampoco es que va de gratis, pague el pasaje".

Se devuelve torpe y vacilante, saca el pasaje en monedas y se disculpa, cuando se devuelve ve al Jagter afuera, que sin pestañear lo sigue con una mirada de depredador felino, Joseph que tampoco logra ignorarlo, camina dos asientos más del que le había dicho la señora y de nuevo el chofer le grita:

"¿Se va a sentar o no?", algunos pasajeros abuchean.

Entonces se devuelve y se mete al asiento que da con la ventana, la señora se vuelve a acomodar, luego de haberle dado campo al mover sus piernas hacia afuera de forma lateral, ahí lo vuelve a ver fijamente con cara de asco, porque no puede disimular la molestia que le causa el olor a pizza barata que sale de las axilas de Joseph y menos cuando éste le da las gracias al sentarse, porque siente una patada en las fosas nasales por el olor de su boca, el cual se compara a sangre vieja nadando en un estómago vacío. Pero ella, siendo una mujer educada, intenta combatir el olor sin ofender a nadie, lo hace al sacar un agua aromática con olor a coco y rociándola a la altura de su propio cuello, también en la cabeza del niño y muy disimuladamente en dirección a Joseph, quien está aún absorto viendo al Jagter acercarse a la ventana desde afuera. Ahí, frente a él, se levanta la ropa que cubre su torso, lo hace de forma lateral casi hasta la altura de sus oblicuos, mostrándole lo que parece ser una cicatriz de unos 12 centímetros. Joseph sin entender porque hacía aquello, empieza a sentir como algo en el bolsillo de su pantalón empieza a moverse, lo cual hace que su mirada se dirija hacia ahí y ve que de su bolsillo la cadena con el aguijón se mueve, casi como una serpiente saliendo de un hoyo, entonces rápidamente la sostiene y puede sentir lo que siente el dueño de un perro que tiene días de no salir a pasear, siente un constante y fuerte jalón que incluso hace que el aguijón levite a la altura de la ventana, cuando el Jagter ve el aguijón sonríe, como si lo estuviesen invitando a pelear en ventaja, confirmando para sí, que Joseph ha obtenido su segundo aguijón, el cual le había sido quitado años atrás, por lo que se tapa su torso y casi a la misma velocidad que lo hace, el aguijón cae, como desconectado de la aparente vida que parecía tener, permitiéndole a Joseph sentarse nuevamente de mejor forma, porque había intentado evitar con su cuerpo que alguien viese el incontrolable aguijón, mientras intentaba volver con su amo.

La señora lográndose acostumbrar un poco a su fétido compañero de viaje, mientras su nieto no disimulaba pellizcándose las fosas nasales desde afuera, para que permanecieran cerradas, le pregunta:

- "¿Muchacho está en problemas?"

Joseph entendiendo el mensaje de ambos con respecto a su olor, evita verla, esto para dirigir su aliento hacia el frente y le responde: "Un poco señora, pero creo que puedo salir de ésta".

La señora mientras saca un paquete de galletas para el niño, la abre, mientras el niño pone la mano, le da una a éste y las otras tres dentro del paquete se las ofrece a Joseph: "tome cómase algo", mientras creyéndose una profesora de la vida le agrega: "Acérquese a dios que en él todo puede ser curado, sanado y perdonado".

Joseph con un poco de pena ante la mirada egoísta del niño -que siente que le han robado- agarra el paquete de galletas, mientras toma la primera y la empieza a masticar, aceptando con su expresión el consejo de la señora. Ella piensa que está ganando una oveja para el rebaño de su dios por lo que continúa:

- "Yo de jovencita me equivoqué mucho, me embaracé, me tatué, hablaba con muchas malas palabras y hasta tomaba licor, pero luego acepté que no podía llevar una vida sin dios y gracias a él, siendo su esclava y haciendo su voluntad, logré dejar todo aquello atrás y si yo pude, usted también".

Joseph sin ganas de darle largas a esa conversación, le dice: "gracias por aconsejarme, voy a salir de esta con ayuda divina, lo sé".

 La señora aliviada, porque la galleta opacó un poco el olor de su aliento, le pide que le cuente que ha pasado con él, mientras él pensativo dice: "Bueno, me metí en problemas por una mujer mal portada, la novia de mi primo, la cosa entre ellos terminó muy mal y al final yo estoy en problemas por eso, entonces me andan siguiendo para vengarse".

La señora feliz, porque ya encontró tema para consumir durante el viaje le responde: "Tantas mujeres en el mundo y tenías que meterte con una que tenía dueño y ¿por eso te metiste en drogas o es alcoholismo?".

Joseph, aceptando que su viaje a la pelea con el Jagter va a ser peor que la muerte a manos de éste, le responde: "Ninguna señora, solo necesito ayuda para salirme de ésta". Se queda pausado cuando el bus se detiene en un alto, varios kilómetros después de donde habían salido y ve al Jagter en una esquina observándolo.

El bus continúa avanzando, mientras él incrédulo repite su mirada una y otra vez hacia ese lugar donde le pareció verlo y una y otra vez confirma que sí es el Jagter. Este comportamiento paranoico hace que la señora, como intentado besarse la punta de la nariz lo vea como de lado y le diga:

- "Muchas personas salen de las drogas, no es algo que deba avergonzarle, el primer paso es aceptar el problema."

Joseph cansado e intentado callarla con un sí en su cabeza, le permite continuar con su sermón, el cual se extiende desde la entrada a la autopista de la ruta 32, hasta 5 kilómetros antes de la última parada que hará el autobús, que es precisamente donde la señora pide que el bus se detenga, porque es por esta zona donde ella vive. Ahí ella le dice que ojalá piense y medite en sus consejos, de los cuales Joseph no puede recordar ni uno, porque se distrajo mucho al ver al Jagter prácticamente en todos los lugares donde el bus se detuvo. La señora le dice a su nieto que se despida del muchacho que huele feo y se bajan por la puerta trasera del bus, Joseph de manera educada y ya estando estos dos en la acera, les da un adiós con la mano y con una sonrisa fingida de agradecimiento pone su mente dentro del bus, llamado por la voz del chofer que le está diciendo a alguien:

- "No aceptamos monedas de estas ni de otros países, pero no importa súbase que el viaje ya es corto, ya casi no hay nadie en el bus"

Para desgracia de Joseph, es el Jagter quien acaba de abordar el bus, el cual sin dudar se sienta a su lado, dejando una distancia de milímetros entre ambos, éste, con su barba puntiaguda y sin ningún tipo de olor o presencia ve a Joseph y le dice:

- "¿Entonces me quieres matar?"

Joseph en una posición frágil, como si estuviese sentado en la silla eléctrica intentando hacer una llamada a la empresa de electricidad para que la quiten, le responde:

- "Yo solo no quiero morir".

El Jagter: "Exactamente lo que pensó Mariana cuando aún con un poco de vida en su alma te escuchó llegar al apartamento de Michael".

Joseph: "Pero yo no la maté".

El Jagter: "La muerte y la vida son similares en cuanto a causas se refiere".

Joseph intentado analizar lo que escuchó le responde: "Ella corrió hacia la muerte, ella andaba mal portada, ella fue quien voluntariamente llegó donde Michael, según sé, ella se expuso".

El Jagter usando una pregunta retórica: "¿Cuántas personas te habrán llamado estúpido en tu vida?" Se voltea y lo ve fijamente a la cara: "no pretendo discutir con alguien con tan poca capacidad de remordimiento, solo escucha esto con atención, las basuras como ustedes dos son los que más dejo sufrir, realmente por personas como ustedes es por los que me avergüenzo de haber sido un ser humano".

Joseph: "Te refieres al humano Pedro de María, el hombre que deseaba a la mujer de su hermano e hizo que lo mataran para poder fornicarla".

El Jagter con una mirada llena de odio, mientras el iris de sus ojos se tornaba de un rojo flamante, lo toma con su mano izquierda del bíceps derecho y como si estuviera destruyendo un lápiz con la mano, le quiebra el hueso húmero, mientras se acerca al oído y le dice:

"Si vuelves a decir mi nombre quebraré cada hueso de tu cuerpo antes de clavarte el aguijón en el corazón y te dejaré 7 días así, para luego decirle a los perros que te coman poco a poco".

Joseph con un grito cobarde y frágil, uno que ni siquiera Mariana en su lecho de muerte emitió dice: "¡Ayuda!".

El Jagter que no había soltado el brazo de Joseph, lo presiona aún más y le dice: "Grita de nuevo y te romperé la nariz con tu propio codo".

Joseph llorando y con su boca abierta presionando su tráquea con la mandíbula le dice: "De todas formas voy a morir".

El Jagter: "Morirás hasta que lo desees tanto que no podrás pensar en nada más que morir y para eso, faltan horas".

El chofer quien no paraba de ver a donde estaban ellos y con las últimas personas en otros asientos, sin tomar importancia a la escena detiene el bus y dice: "No quiero saber que están haciendo, solo bájense ya o llamo a la policía".

Cuando de repente y desde atrás, un muchacho de unos 19 años, que venía con unos audífonos aparentemente dormido, el cual venía vestido de una forma un tanto peculiar, con ropas apretadas entre negras y coloridas, con su pelo de picos altos, labios pintados y bastante flaco, se pone de pie y camina hacia el frente del autobús y le dice al chofer:

- "No señor fui yo, perdón es que venía dormido y tuve una pesadilla".

El chofer un tanto dudoso, mientras se queja con movimientos leves de cabeza, continua el viaje, que ya para ese momento está muy cerca de terminar en la última parada de la ruta. El muchacho que ya había pasado cerca de ellos, mientras se acercó al chofer, se devuelve y prácticamente hincado en el pasillo a un lado del Jagter, con una mirada al suelo dice:

- "¡Oh Poderoso Jagter! Es todo un honor poder servirle a usted y a mi dios Kadju, en lo que necesite estoy dispuesto a entregar mis servicios a sus propósitos", mientras sonríe de la alegría al poder estar ante la presencia de un ente y su condenado.

El Jagter que aún tenía sus ojos flamantes, los regresa a la normalidad y dice: "Estás tan equivocado que das lástima, niño, al peor dios que puedes adorar es a Kadju".

Mientras Joseph también concentrado en aquel acto del muchacho, se sujeta el brazo quebrado, mira hacia afuera del bus y reconoce donde se encuentran, sabiendo que ya están muy cerca del precipicio donde lanzó a Mariana.

El muchacho un tanto confundido le revela: "Supe que aquí iba un condenado desde que vi tu cicatriz allá en San José, cuando la mostraste, no podía creer que tuviese el privilegio, pero lo tengo y quiero entregar mi vida a tu completo servicio y al de mi dios".

El Jagter le dice al muchacho que se acerque un poco haciéndole la seña con la mano y cuando éste lo hace le dice justo antes de colocarle su mano sobre la cabeza: "Mira lo que me hace hacer tu dios".

Cuando colocó su mano sobre el muchacho, pasan escasos 4 segundos cuando el muchacho cae acostado en el pasillo del bus, se levanta y se sienta rápidamente justo al lado de ellos dos, al otro lado, se toma la frente con las manos y empieza a llorar, mientras el Jagter ya sin ningún contacto visual le dice:

- "Cecilia no va a durar mucho en este mundo, está muy vieja, aún puedes regresar".

El muchacho estaba por emitir una respuesta cuando Joseph, de manera explosiva, brinca al asiento del frente, cae al piso, se levanta con su brazo quebrado colgándole como si fuese de trapo y corre hacia la puerta principal, donde está el chofer, quien ya asustado y viéndolo venir, abre la puerta y Joseph se lanza afuera del autobús, empieza a correr hacia donde sabe que está el precipicio. Pero no tardó mucho en ver al Jagter tras de sí y usa esto de motivación para correr aún más rápido hacia la calle desolada que lleva hacia el lugar donde necesita ir, entonces gritando del dolor y pidiendo ayuda a la nada, sigue avanzado y ya estando a unos escasos metros, siente un gran golpe en su pierna, que literalmente corta casi por completo su pie, dejando parte del hueso del tobillo expuesto y tirándolo al piso. Vuelve a ver al Jagter, que sigue aún a la distancia y examina la escena en la que está cuando ve una especie de puñal pequeño antiguo, similar a una daga y no le cabe duda de quién lo lanzó cuando el Jagter levanta la mano y esta arma blanca retorna a él como si fuese un bumerán.

Joseph, a rastras, no pierde las ganas de llegar al precipicio y comienza a avanzar, pero justo cuando tiene al Jagter a unos 4 metros y éste se dispone a lanzarle el puñal a su otro pie, Joseph se incorpora apoyado en su única pierna buena y se lanza al precipicio del cual baja rodando justamente de la misma forma que el cuerpo de Mariana había rodado meses atrás. Cae inconsciente y se mantiene así por varias horas, cosa que evita que el Jagter actúe sobre él, mismo que se mantiene a la espera a escasos metros, totalmente fuera del jardín de rosas blancas donde se encuentra el inerte cuerpo con vida de Joseph.

Son las 3 de la tarde del martes y Joseph empieza a moverse, ha perdido bastante sangre de la herida de su pie, pero no la suficiente como para perder la vida, el Jagter ahora de pie a la distancia, disfrutando de todo lo maltratado que se ve su condenado, no puede evitar sonreír por el deseo que lo domina de iniciar con el ritual para matarlo, pero prefiere hacerlo fuera del jardín de Mariana, que es precisamente donde Joseph, con mucho esfuerzo, rueda un poco y queda boca arriba, aunque ha recuperado la conciencia, no así las fuerzas suficientes como para poder ponerse en pie o intentar lanzar un golpe, pero las ganas de sobrevivir no lo han abandonado, entonces ahí, maltrecho, maloliente y malnacido sigue intentando salvarse.

No tarda mucho en recordar y juntar datos de toda la información que escuchó durante el fin de semana y empieza a buscar la forma de idear un plan, por lo que, con la garganta seca y una buena idea en la mente, le habla a su enemigo:

- "¿No hay forma de que no me mates verdad?"

El Jagter: "Estoy dispuesto a ayudarte con esas heridas con tal de poder matarte yo mismo, a mi manera".

Joseph un poco resignado le pregunta: "¿Este jardín lo hiciste por Mariana?" Cuando mencionó su nombre, la cadena que aún estaba en su bolsillo se empezó a mover nuevamente como intentando salir, algo que también el Jagter notó y le extrañó.

El Jagter como dudoso por lo de la cadena y haciendo un experimento: "¿Que dijiste?

Joseph: "El jardín ¿es por ella?" También pensando en si podría haber algún efecto en la cadena, pero el movimiento no ocurre más.

El Jagter: "¿En quién?"

Joseph: "¡En Mariana!" Con gran fuerza y rompiéndole el pantalón desde su bolsillo, la cadena sale con el aguijón viéndolo, como si fuese la cabeza de una culebra cascabel, amenazante, mientras él sigue postrado en el piso del jardín de rosas blancas y pasmado, entonces de forma retadora, él mismo repite aquello sin dudarlo: "Mariana". Luego la cadena ataca el costado izquierdo de Joseph, justo en los oblicuos y se introduce en su carne por completo, como destruyéndole las vísceras dentro de su abdomen, mientras ella misma se voltea para luego asomar una punta del aguijón, la cual queda por fuera, todo esto ocurrió mientras Joseph gritaba con sus últimas fuerzas, horripilado sin entender tan desagradable e inesperada sorpresa.

El Jagter, al ver aquello, también queda sorprendido, él mismo se levanta la camisa casi como con empatía hacia Joseph y le muestra su propio costado, donde se ve de igual forma una herida abierta similar a la de Joseph, donde se ve una pequeña punta del aguijón que éste aún conserva, luego se voltea, para mostrarle el otro costado donde tiene la cicatriz y también para ver si su antigua cadena responde, pero no pasa nada con ésta.

Joseph muy dolido y sabiendo que ya no tiene mucho que perder, pone en marcha su plan y con lo único que tiene -su voz- ataca al Jagter: "Parece que somos algo así como colegas, tú tampoco mataste a nadie, al menos no con tus manos".

El Jagter: "No somos en nada parecidos".

Joseph: "Bueno, en eso te doy la razón, yo a ella nunca la vi con vida, solo en fotos, en cambio usted creció con su hermano, conoció a la esposa de él desde niña y aun así, hiciste que lo mataran, vaya mierda de ser humano el que fuiste".

El Jagter: "¡No te atrevas! He pagado miles de veces por mi error, odio lo que hice, pero en este momento te odio más a ti que a nada". Mientras nuevamente sus ojos vuelven al rojo flamante y su cara se desfigura por la cólera que lo empieza a poseer.

Joseph con muy poca fuerza y casi que con sus últimas palabras dice: "yo no soy peor que Pedro de María".

El Jagter, quien se encontraba a unos siete metros de Joseph fuera del jardín, saltó sin necesidad de impulso y cubrió esta distancia, entonces mientras iba en el aire sacó de su costado la cadena de su carne y con el aguijón en su mano queriendo hacer una maniobra olímpica, lanzó su torso hacia abajo con sus brazos extendidos, apuntando al corazón de Joseph, quien como si adivinase que así iba a reaccionar y con una habilidad un tanto torpe, sacó también de su torso aquel aguijón que ahora parecía ser parte de él y lo puso en su pecho (del lado derecho), dejando la punta hacia arriba, haciendo que el Jagter terminase clavándoselo por el mismo impulso de su caída, profundamente, por completo, rebanando su corazón antiguo que ya no latía como el de los seres vivos.

El Jagter, quien había calculado herir a Joseph, falla y lo hace básicamente por intentar reaccionar tarde ante aquella situación y ya con su cara un tanto nostálgica, la cual queda prácticamente de frente a la de Joseph, se permite expresar sus últimos momentos con vida al decir:

- "Tantas veces he deseado mi muerte, tantas veces he temido a la existencia, tantas veces he vivido males ajenos, pero solo una única vez en mi existencia he deseado ser feliz y ese fue mi gran pecado. No hay nadie peor o mejor en un infierno, no hay bien o mal en la muerte, pero una maldición se sufre solamente en vida y esa fue mi esencia".

Joseph quien perdió el aliento por el peso del cuerpo del Jagter, el mismo que aún está sobre él, siente como su brazo, el que tenía el húmero quebrado, se repara   lentamente mientras también siente como su maltrecho pie colgante corre la misma suerte, también las heridas de su cara y las demás partes de su cuerpo, que en forma sincronizada, empiezan a desaparecer, mientras sus ojos empiezan a tornarse blancos y luminosos, su cuerpo que no había sido bien alimentado en los últimos días pierde el hambre y de una forma extraordinaria recupera su vitalidad, incluso mejor que la que nunca había tenido y mientras se pone de pie, en aquel hermoso jardín, la cadenas que llevaba en su torso así como el Jagter muerto empiezan a convertirse en polvo fino y a desaparecer en el aire.

Joseph, quien no puede creer lo milagroso de haberse salvado de una muerte inminente, empieza a dar pasos lentos mientras se revisa el cuerpo, cuando de forma repentina aparece del suelo, como si viniese rompiendo algún abismo y con una cruda fuerza, un colosal ser humanoide de casi tres metros de altura, con pelo trenzado largo y adornos en oro por todo su cuerpo, con ropas modernas, pero algo oscuras, de las cuales destaca una especie de gabardina larga de algún tipo de cuero fino. Quien luego de haber salido del suelo y elevarse unos 4 metros de altura, cae un tanto firme flexionando un poco sus rodillas, entonces levanta sus manos con una reverencia un tanto jactanciosa y dice:

- "¡Hola humano!"

ASESINO HEDONISTA

De los miles de millones de humanos en un planeta plagado de formas diferentes de pensar, el hecho de estar ante la presencia de un ser supremo es un privilegio que muy pocos tuvieron o tendrán, independientemente, si la razón es buena o no, nunca será un evento sin importancia, pero el término "dios" es algo totalmente creado por los humanos, ya sea para justificar o seguir la forma de pensar de algún ser espiritual, independiente del origen de éste.

Y así, aquel dios de la venganza llegó a visitar a Joseph, quien había logrado matar al Jagter para salvar su propia vida, la cual desde ese preciso momento es sorprendentemente más vigorosa, ese dios, que se introduce a sí mismo de la siguiente forma:

- "Soy Kadju, el dios al que incluso los dioses más moralistas aman y envidian, el dios que siempre tiene la razón y el único que siempre regresa la verdadera paz a cualquier situación; soy, el dios de la venganza". Sin detener el gesto altanero, como si fuese un magnate hablando en un programa de televisión popular.

Joseph quien pudo deducir quién era al reconocerlo, porque ya lo había visto en las visiones de las Kahinas e imaginando un poco cuál sería su destino le responde:

- "Soy Joseph y acabo de matar a tu Jagter, supongo que vienes a vengarlo".

Kadju: "Primero, híncate que estas ante mi presencia (lo hace hincarse con su dedo y su típica fuerza invisible) y segundo, tú no mataste al Jagter, lo liberaste de su maldición".

Joseph, que borra su mirada de orgullo al sentir que le quitan mérito, dice: "Lo vi caducar ante mí, convertirse en polvo y desaparecer, yo lo maté con su propio aguijón".

Kadju, con un gesto de pereza por tener que alargar la explicación: "El murió una vez más hoy, su última vez claramente, tal cual lo deseo cada día desde que se había convertido en Jagter, pero solamente lo liberaste de su maldición para cambiar de lugar con él".

Joseph, como recibiendo un chorro de agua helada en la espalda: "Pero las Kahinas no me dijeron…" mientras razona que él siempre pidió sobrevivir al Jagter, por lo que obvió las consecuencias.

Kadju cruzando los brazos: "Entonces las Kahinas te omitieron el precio que debías pagar", mientras suelta una carcajada y pone sus manos sobre su abdomen.

Joseph defraudado, porque siempre las creyó aliadas, busca una forma de salirse de esta nueva y peor situación: "Si es necesario invocaré al dios de la maldición para que intervenga por mí y me quite todas estas maldiciones tuyas a cambio de mi alma".

Kadju, luego de presionar sus mandíbulas ante lo que acaba de escuchar: "¿Maldiciones? No, no, el dios de la maldición no existe, son ustedes mismos los humanos y no es buena idea amenazar a un dios".

Con su típica forma de no quedarse callado, Joseph busca con sus palabras una nueva oportunidad para zafarse de lo que viene al decir: "Las Kahinas, amigas mías, dicen que ellas se conectan con los dioses y el gran espíritu, sé que me ayudarán si les digo".

Ya no tan amistoso Kadju empieza a molestarse ante la necedad y con un tono cortante da una respuesta al decir: "Hasta alguien como usted puede hacer que una lombriz vuele, solo arrójela por los aires y lo hará por algunos segundos, pero eso no la convierte en ave, solo entenderá un poco mejor a algunos a quienes alimenta con su cuerpo, así que no traiga a colación a esas lombrices que los halcones ni siquiera las tomamos en cuenta para existir" y sin dejarlo responder más porque sabe que está frente a un necio, le agrega: "Siento que estoy ante un gran ignorante que necesita, cuanto antes, aprender en qué mundo está y cuál será su nueva existencia, así que empecemos".

Joseph con su típica cobardía intenta luchar para levantarse, pero la orden de quedarse hincado parece que la recibió su cuerpo y no su mente, ya que este no le responde cuando intenta cambiar la postura y sigue usando su única arma de defensa contra Kadju, nuevamente su voz: "Permíteme entender por qué merezco algo tan desmedido, si mi pecado no fue matar, pero me estás cobrando una vida".

Kadju quien sabe la intención de fondo le dice: "Desde que confesaste tu crimen a aquel hombre moribundo para distraer a mi Jagter, me di cuenta de que eras inteligente, astuto y ágil, has entendido muy bien varias cosas sobre el mundo espiritual, pero eso no te acerca a la sabiduría, de la cual no tienes nada, ni un poco, porque no puedes ver más allá de las cosas que te salven o beneficien". Mientras empieza a caminar de un lado a otro, como quien empieza a pensar cómo desarrollar un tema e inicia diciendo:

"Pero eres un humano promedio y como te decía, eres también un dios en unión con los demás de tu especie, porque juntos como un solo ente son el dios de las maldiciones, cada uno como las células que forman un cuerpo, ustedes han creado tantas maldiciones que nosotros solo debemos escoger con cuál aprenderán algo o con cuál nos beneficiaremos a nosotros mismos de ustedes, pero es molesto a la vez, porque cada cosa que hacen mal, nos quita energía a todos, nos quita vitalidad y es que ustedes de forma orgánica sí pueden seguir existiendo sin espíritu, pero nosotros no, incluso ustedes pueden en ocasiones hasta vivir sin alma, como formas mecánicas únicamente, existir por existir, ser así, es la maldición más común que ustedes han creado por cierto".

Joseph, como sabe que está logrando tiempo, pero también porque se ha despertado su curiosidad, le dice: "Pero … ¿acaso los dioses no nos abandonaron, por eso ocurre esto?".

Kadju con una risa de mal chiste suspira, se detiene y lo ve a la cara diciéndole: "Mejor cállate e intenta aprender algo antes de que tu infierno te consuma", retoma su paso, ahora agarrándose las manos desde atrás y de nuevo camina de un lado a otro y empieza a ampliar su explicación: "Los dioses no pueden abandonar algo que no les pertenece, pero ustedes pueden alejarse o acercase adrede a cualquiera de nosotros, incluso aunque no queramos, ustedes nos logran contactar porque quieren y sirven a cualquier dios sin importar si lo entienden o no, también esta es otra maldición muy común y es que ni siquiera tenemos que hablarles para que ustedes mismos inventen cosas en nuestro nombre".

Y caminando aún más pensativo, tocándose la boca mientras mira al piso dice: "Todos los caminos humanos llevan a la muerte, es sencillo de entender, son mortales, pero no todas las muertes terminan atrapando el espíritu del fallecido, solo las injustas como en el caso de Mariana, entonces debes saber que casi todas estas muertes tienen su origen y justificación en tres maldiciones colosales que casi todos ustedes asumen, mientras existen llamándose humanos y de verdad, no me interesa convertirte en sabio, solo obtén el conocimiento, busca en el razonamiento y hazte sabio por tu cuenta, porque seré breve", mientras con su puño estira un dedo y dice:

"La primera maldición es la de la religión: La espiritualidad de cada ser es lo único correcto, créeme, te lo está diciendo un dios. Pero la llamada religión en sí, es solo una etiqueta que sirve para defender cualquier forma de pensamiento que ustedes mismos deseen justificar en nombre de un dios. Son tan astutos en esto que me dan náuseas y admiración al mismo tiempo. Sus celos, su egoísmo e incluso, sus odios son alimentados con reglas interpretadas a conveniencia, basándose en alguna regla universal nuestra o del universo. La maldición los afecta de una u otra forma a casi todos los que deciden dejarse esclavizar o nacen malditos, porque los niños se adoctrinan cuando aún no tienen capacidades, pero lo más triste y estúpido de esto es que, quien más sufre en la corriente de esta maldición son los seres humanos con vagina, sus mujeres, porque haber permitido que varones crearan y dirigieran las religiones de la humanidad, fue como entregar la administración de una carnicería a las hienas".

Estirando un segundo dedo agrega: "La segunda maldición probablemente tuvo su origen en la primera, pero es tan difícil saberlo, porque tiene el mismo dilema del huevo o la gallina y es la maldición de la posesión sexual: Esta la han sufrido hasta los dioses, de forma tan fuerte, que algunos se materializaron dirigidos por esta, esto quiere decir que nace en la mente y no en los genitales, porque los dioses no tenemos órganos de ningún tipo. Cuando esta maldición está latente, las decisiones del individuo pueden ser drásticas o letales, pero comúnmente son pasivas, pero muy constantes, y es así, cada ser humano tiene una sexualidad propia, individual, la puede compartir con quien desee, pero cuando se cree que se tiene o se debe influir en la sexualidad de cualquier otro ser humano, incluso sin conocerlo y de cualquier forma, tanto intentando limitarla, dirigirla, controlarla o poseerla, ésta se activa y afecta en masa o de forma individual, créeme, esta maldición ha causado tantos problemas y tantas muertes que si no existiera, la historia humana sería completamente diferente".

Nuevamente avanza con el conteo y suma: "La que más me molesta y la última es la maldición de la ignorancia: Ningún ser consciente tiene el conocimiento absoluto, eso es normal y universal, lo acepto y lo entiendo. Pero imagínese, hay miles de millones de humanos y puedes creer que la gran mayoría tarda casi la mitad de su vida en enterarse que son mortales, no me refiero a que le digan a un niño que murió su abuela, me refiero a la inexistencia propia. Y así es en prácticamente todo, porque a las dos maldiciones anteriores les funciona mejor que llegues con esta maldición ya instalada. Muchos se conforman con no saber, solo aceptar, existir por inercia y dirección de los más astutos que promueven y aman maldecir con la ignorancia, porque literalmente los educan para que asuman y nunca salgan de esta triste, estúpida y constante maldición, la cual se rompe incluso segundos antes de la muerte joven y muy comúnmente se rompe en la vejez".

Y es que este dios de la venganza, el cual le habla a Joseph, mismo que es calificado y definido como demonio por los dioses más famosos entre los humanos, quien también es llamado así gracias a su crudo historial, sostiene que las almas tampoco son buenas o malas, que esto era algo circunstancial, porque cualquiera podía ser malo si se le presionaba y cualquiera podía ser bueno si se le manipulaba y que por esto cualquier energía bloqueada debería ser liberada sin importar apagar almas.

Y en ese momento, frente a Joseph y luego de dejarse claro para sí mismo que muchas cosas no podrán ser entendidas procede a decirle: "Es muy difícil que puedas ver y entender más allá de lo que ven tus ojos, entonces la mejor forma será que desde tu propia alma sientas, vivas y sufras lo que el espíritu que se encontraba en Mariana dejó aquí, en este lugar donde estamos".

Entonces haciendo un chasquido provoca que de otra dimensión y frente a ellos, aparecieran los perros que lo habían acompañado cientos de años atrás, haciendo que llegaran con cadenas en sus cuellos y se pusieran uno a cada lado de Joseph. Luego con su dedo y moviendo su mano hace que las manos de Joseph se coloquen cada una en la frente de cada animal, repitiendo el ritual que había sufrido Pedro de María, quien también vio como sus manos fueron sujetadas en esa posición por las cadenas que traían estos seres en su cuello.

Joseph, quien no pudo hacer nada ante aquello, es llevado a rastras al centro del jardín donde con un grito intenso empieza a vivir para sí mismo desde el día que Mariana partió en la madrugada para San José, todo por medio de una visión, pero aún más vívida que las que había visto con Carmen, la Kahina.

De repente, Joseph observa a Mariana llorar en su cama, mientras a él en su vientre le nace un frío de angustia, porque sabe que la maldición está por iniciar.

Entonces la ve escribiendo algo en un papel, mientras ella desfigura su cara como si estuviese lista para consumirse en el agua, pero el agua es la que sale de sus ojos en forma de lágrimas tristes, porque le duele mucho alejarse de aquel hermanito con el que conectó para siempre desde el primer día que lo tuvo en sus regazos, allá en sus 9 años, al ser una niña que juró cuidarlo, el único juramento que hizo adrede hasta el día de su muerte.

Mariana, sin saberlo, había escrito las últimas palabras de su puño y letra en aquella madrugada y Joseph, que sigue viendo todo más real que en una visión, sufre su primera estocada en el corazón al leer el papel que ella dirige a su hermano sabiendo que el niño fácilmente la hubiese convencido de que no se fuera de casa.

Mariana alistó sus cosas en una mochila blanca y luego de llenarla con ropa y comida para el camino, metió una cajita que parecía tener cosas de gran valor sentimental, porque ella la abrió, sacó una cola para luego observar una gran cantidad de botones de diferente tipo dentro de la misma y Joseph, quien curioso sigue todo como si fuese un fantasma, que la observa en una esquina, se lleva una sorpresa desagradable cuando ella escarba entre los botones y saca uno para poder despertar un recuerdo que Joseph también puede ver y sentir, dándose cuenta de esto cuando él puede recordar un sentimiento que no es suyo, cuando la nostalgia lo invade al darse cuenta que ese botón pertenecía a la camisa que ella usó el último día de clases de primaria, que simbolizaba una etapa especial para ella donde conoció a amigos con los que creció y a quienes vio casi a diario durante varios años; esto ella lo hacía así, cada vez que vivía algo importante o bien, que ella sabía que no volvería a pasar, tomaba un botón de alguna prenda que anduviese en el momento y lo guardaba en esa cajita que para ese momento de la madrugada tenía más de 35 botones, incluso tenía ahí algunos de seres amados, como el botón que tomó de un vestido de una prima que había fallecido años atrás por culpa de una leucemia.

Sin cuerpo físico en la escena y ahora consciente que está totalmente conectado al espíritu de Mariana, Joseph continúa viéndola sin poder cambiar lo que ve, porque son hechos pasados y desde ya con lo poco que ha visto está desesperado por no seguir en esta situación, pero no puede hacer más nada, mientras la maldición lo obliga a revivir desde otra óptica lo que Mariana vivió camino a su asesinato.

Luego de haber puesto debajo de la puerta del cuarto de su hermanito aquella nota, ella sale por la puerta de atrás de la casa, pero antes de cerrarla se queda pensando que precisamente aún podía desistir y explicar bien lo ocurrido ante aquellos líderes religiosos y sus padres, pero las palabras "puta" y "zorra" que su padre usó mientras tiraba saliva por los gritos y la cólera que mostraba al referirse a ella, le daban la firmeza que ocupaba para continuar con su huida. Esos gritos la acompañaron en su mente, mientras pasó por el lado afuera de la habitación de sus padres, que incluso estando agachada y sigilosa, no pudo evitar emitir un pequeño llanto y no de despedida, sino de un profundo resentimiento, porque para ese momento no podía entender cómo su madre con quien pasaba prácticamente la mayor parte de su tiempo no la defendiera, no defendiera su dignidad como mujer, siendo su hija y diciéndole tantas veces que la admiraba por su inteligencia y belleza, pero la perdonaba casi al instante, porque conocía al esposo de esta, su padre, a quien muchas veces con una sonrisa en la cara lo había visto humillarla.

La última vez que lo hizo fue en una cena con amigos de la familia, también religiosos, quien luego de haber preparado la comida con la ayuda de Mariana, se había sentado a la mesa para también disfrutar del rato, pero cuando empezó a comer, el hombre le pidió un vaso con agua y ella de forma sumisa fue y se lo alistó con cierta molestia (con toda razón) para lo cual él la mal encaró, terminándola de rematar cuando ella opinó sobre un tema que tenían en la mesa y él en seco y sin más le dijo: "Cállese". Joseph cuando vio esto en la mente de Mariana inmediatamente recordó a Kadju cuando mencionó las maldiciones más comunes.

Mariana luego de cruzar la casa y ya estando a punto de saltar un pequeño muro que da a la acera, se queda pensado nuevamente en la herida que carga y se quiebra, inhalando varias bocanadas de aire de forma continua y dejando caer al suelo del pequeño patio frontal varias lágrimas que también escurren por su mano derecha, la cual había usado para contener los sonidos de su boca.

Corta de nuevo el pensamiento con el recuerdo de los gritos de su padre y salta al otro lado, camina unos 50 metros alejándose de su casa sin hacer el típico movimiento de brazos que hace el humano al caminar, los mantiene pegados a su cuerpo, estirados, como si éstos la ayudaran a sostener su decisión.

Caminó por casi 30 minutos hasta una terminal de buses, donde en uno de ellos se lee un letrero, Upala-San José. Se mueve hasta una pequeña ventana donde un señor amargado, añejo y con todos los requisitos cumplidos para sufrir un infarto en los próximos días, le vende un boleto, ella lo paga y mientras se gira leyéndolo para ir a sentarse en una banca de metal que está cerca del autobús, aquel señor se pone medio de pie para verla mejor y con una voz desinflada y baja dice: "Qué rico culo", Mariana invadida de emociones, no lo escuchó en absoluto, pero Joseph quien está atado a la invisibilidad de aquel momento se enoja y siente la impotencia, por primera vez, al escuchar aquello y no poder hacer nada por ella, quien para ese momento ya se ha ganado la empatía total de aquel Joseph que la mira desde el recuerdo.

Pasado un rato, ella estaba sentada con la espalda encorvada viendo hacia la nada y retomando recuerdos buenos y malos de su vida, mientras aquel hombre gordo y añejo no puede quitarle la mirada de encima desde aquella ventanilla, se abre el bus y varias personas que habían llegado se forman para abordarlo, para tranquilidad de Joseph, quien extrañamente parece que quiere ignorar cómo acabará todo para Mariana ese día, se alegra que ella se sentara sola, esto porque a esa hora no muchas personas hacen ese viaje. La persona más cercana a ella es una señora que se ha sentado al otro lado del pasillo y de entrada parece ser una buena persona, no por el hecho de que sea mujer en sí, sino porque debajo de ese pelo alambrado con manchas blancas canosas, que lleva sujetado por un pequeño moño, se le pinta una cara sabia, amigable y una hermosa voz materna que al ver a Mariana le suelta un sincero: "hola mi amor", con una sonrisa dulce que hace que Joseph caiga en razón y sienta el impulso de pedirle ayuda para que no la deje ir a su muerte, pero no puede, la maldición empieza a destruirlo desde adentro de la impotencia.

A diferencia de la visión que tuvo por las Kahinas, en esta está viviendo segundo a segundo todo lo que ocurrió, por lo que no puede ni ha podido adelantar nada de lo que Mariana vivió. Para este momento, lleva bastante rato desde que la vio llorando en la cama hasta ahorita que va de camino dentro de ese bus, más de tres horas ya, él viéndola y enamorándose de ella, en algunos momentos, la ha visto cabecear, porque no ha tenido descanso y en algunos instantes, la ha detallado, quedándose impactado por su belleza, porque su rostro estaba lleno de detalles sencillos y perfectos, por ejemplo, cuando ella se lleva sus manos al rostro, para limpiar una que otra lágrima que nace en sus ojos café claro, que se profundizan con el reflejo del sol, también la mira absorto y curioso, como si estuviesen en una cita al verla comer algunas de las cosas que había traído en su mochila blanca, masticando sin mover mucho los labios o las mandíbulas, viendo a los lados, como si esto le robara belleza, pero más bien haciéndole ver muy tierna. Joseph sabe que ella no lo ve, que nadie lo ve, es un fantasma viajero del tiempo que solo llegó para enamorarse de ella en momentos así, sabiendo que la penitencia ha ido escalando por etapas y esa joven que admira sin malicia en aquel instante, se convertirá en su más grande dolor, aunque ya le duele.

Pasadas dos horas más, Mariana borra su tristeza, por un momento largo, al quedar sorprendida con los edificios de algunos hoteles y empresas al ir llegando a la capital, es su primera vez en una ciudad y aunque San José es una ciudad pequeña y no muy alta, ella revive sueños de la niñez cuando jugaba a ser una mujer millonaria con muchas empresas, que le regalaba un vehículo amarillo lujoso a su madre después de haberla enseñado a manejar, que pagaba las deudas a su padre curándolo de sus amarguras y frustraciones y por supuesto, que le costeaba la carrera en una universidad fuera del país a su hermanito, quien desde muy pequeño deseaba ser un biólogo marino. Ella había leído algunas biografías de personas que admiraba y sentía que ese día repetía la historia en sí misma, al llegar sola a esta ciudad, porque ella, a pesar de estar herida quería regresar a su hogar ya consolidada, hecha una mujer exitosa, entonces con la misma fuerza que abandonó su hogar horas antes empezó a construir su futuro en ese momento, momento durante el cual se libró de su pesada carga.

Evidentemente cansada, sosteniendo su mochila blanca de lado (casi debajo del brazo izquierdo), se bajó del bus y sin saber dónde estaba camino unos metros, se acercó a un señor delgado moreno, de unos 50 años que estaba sentado en una especie de tienda de madera y metal, donde vendía diversas cosas de comer empacadas como chicles y demás, le preguntó que si la podía ayudar, que necesitaba algún lugar donde conectarse a internet, porque estaba sin teléfono celular y ocupaba contactar a alguien. El señor sacó su teléfono del bolsillo y le dijo que si quería podía llamar desde ese, pero que él no tenía internet. Ella agradecida le explicó que era por medio de una red social, por lo que ocupaba internet y el señor sin entender mucho le dijo que cerca había un lugar lleno de computadoras que él creía que las alquilaban, ella le pidió la dirección y el señor llamó a una muchacha que estaba cerca, la cual parecía ser algún familiar de él, lo hizo para que le cuidara el pequeño negocio y entonces se ofreció a llevar a Mariana. La acompañó por casi 300 metros y ya estando frente al lugar solamente le dijo:

"Muchacha cuídese, esta zona no es muy segura y se nota que usted no es de aquí". Y sin más que un gesto amistoso levantando la mano, se retiró con una sonrisa ese señor vendedor de buen corazón. Mariana alquiló una computadora en aquel lugar, que resultó ser uno de los últimos café internet de San José y Joseph que no podía despegarse de ella, la vio ingresar a una red social y buscar en la lista de sus amigos a Michael, su primo, cosa que a él lo hizo sentir un terrible ataque de celos con furia, cosas invocadas por lo que ya sentía por ella, porque para ese momento aunque no puede actuar sobre lo que ve ni ser detectado, olvida que está en una visión conectado al espíritu de una joven muerta, la cual sus restos yacen en aquel jardín de rosas blancas, él olvida que está postrado en medio, ahogándose de sentimientos intensos de todo tipo.

Luego de escribir a Michael, ella mueve un pie en pequeños y acelerados brincos durante varios minutos, hasta recibir una respuesta donde logra conseguir su número telefónico y lo llama, ella se muestra un poco tensa durante la llamada y al colgar se siente con vergüenza, la cual se manifiesta con un color rojo tenue que tiñe parte de su rostro, pero no tiene donde más ir y luego de informarse cómo llegar, camina varias cuadras hasta la parada de buses de Heredia, lugar donde quedó de verse con Michael.

Ya no le queda mucho dinero, tampoco comida, porque la gastó en el primer viaje, entonces el hambre ya no es un problema que pueda resolver sola y su mente abre el portillo de la dependencia, la cual crece durante el camino a Heredia. La mochila blanca, la que lleva su nueva vida adentro, le tapa sus pechos y parte de su abdomen, la puso así colgando de frente en su torso para no incomodar a los demás pasajeros del bus, a los que como ella se fueron de pie. Durante este trayecto Mariana descubre nuevos olores, la mayoría desagradables, pero aparte de algunas miradas que intercambia con algunas personas que la miran con envidia o juicio, todo transcurre normal para ella, pero no así para Joseph, el cual no ha podido superar la conversación que escuchó entre Michael y ella minutos antes, porque ahí confirmó que nunca fueron novios y que esa muchacha hermosa, la cual ya ama de diversas maneras, solamente vio en Michael un amigo que la ayudaría a curar aquello que sentía en su mente y no a un amante que le curaría algún calor en medio de sus muslos.

Joseph va como un observador flotante durante el trayecto, va invisible, obligado y enganchado a aquella hermosa mujer, cuando de repente sufre la peor estocada hasta el momento al ver a Michael recostado a una ventana al llegar al destino final en Heredia, lo nota peinado diferente, sonriente, bañado y aliñado, casi como si realmente estuviese en una cita. Siente tanta ira cuando lo ve, que allá lejos donde está su cuerpo físico se revuelca en el jardín de rosas blancas. Por otro lado, ya frente a ella, Michael finge sonrisas de galán mientras le habla y se le acerca, dándole un abrazo bastante invasivo, tanto así que una mujer que la veía sintió sorpresa al ver a una mujer tan bella destruir su linaje con una posible mezcla entre especies diferentes, se burló de hecho.

Ella, Mariana, después de sacarse de aquel invasivo enclenque y limpiarse la saliva que le dejó en su mejilla, empieza a caminar tras él, el cual movía sus brazos como si tuviese irritadas sus axilas, lo hacía para verse empoderado. Ella pensó que era alguna moda, porque notó que varios hombres también repetían ese caminado al verla, en cambio Joseph empezó a despertar un sentimiento real y puro de odio contra su propia sangre.

Ya en el apartamento, ella le comenta el problema religioso y familiar que le ocasionó la fotografía en el río y Michael que parece que intenta aplastarse un ojo con una de sus cejas, mientras levanta la otra, se muestra galante al prepararle algo de comer, ella, quien luego de comer se mete al baño a tomar una ducha, ahí Joseph, -que se encuentra en la visión-, la ve desnuda y no puede más que sentirse mal, porque sabe que cuando ella vuelva a esa ducha, él estará ahí, pero de forma física, su yo del pasado, pero estará como cómplice. No tarda mucho tiempo pensando en esto cuando ve en la puerta a Michael grabándola con un teléfono celular, quien desde donde está Joseph, se ve únicamente el teléfono y parte del rostro de Michael, mismo el cual manda su mirada al vacío por un instante, para luego volver a enfocarla en ella y cerrar la puerta cuidadosamente.

Luego de ponerse un calzón negro y un sujetador blanco, ella se cubre con una toalla y camina a la habitación donde estaban sus cosas y por primera vez, desde que llegó, se siente irrespetada por Michael, quien estaba ahí, metido en la habitación solamente haciendo tiempo, sumado a que la hizo sentir incómoda con un comentario sobre su belleza y que sin usar palabras dio a entender que esperaba verla cambiarse frente a él al hacerse el cómodo con ella así, al menos eso sintió cuando tomó sus cosas y regresó al baño donde se mudó.

Luego de salir y ampliar un poco la conversación que la llevó hasta ahí ese día, Michael se retira a comprar cosas al supermercado, mientras ella se derrite del cansancio en la cama de él y Joseph que continúa como una presencia únicamente, la ve, ya que sin cuerpo, no tiene ninguna necesidad orgánica, como hambre, sueño, ni tampoco ganas de respirar.

Se queda observándola y analizándola durante casi una hora hasta que Michael llega y se pone a preparar cosas para comer, lo hace lejos de ella, pero en el mismo apartamento. Pasado un gran rato, Michael entra con una lata de cerveza en la mano, su apariencia ya es la normal, es decir, la que quienes lo conocen están acostumbrados, pero su mirada, esa mirada que Joseph había visto tantas veces cuando salían a tomar, esa mirada con maldad acompañada de un movimiento de labios rápido, por lo que Joseph se prepara para lo peor, no tiene ojos físicos que cerrar para evitar ver aquello que cree que ocurrirá de una vez.

Esta situación se prolonga por casi 20 minutos hasta que Michael empieza a acercarse a los pechos de Mariana, mientras corre la sábana con la que ella se cubre, el sentimiento de Joseph es tan fuerte que emite un grito que sale por su cuerpo físico allá en el jardín de rosas blancas. Mariana en ese momento se agita como si lo hubiese escuchado, Joseph no sabe si fue casualidad, pero se queda observando la reacción de Michael que la saluda y le habla, pero ya con sus manos alejadas de ella, lo cual da cierta esperanza a Joseph, quien ahora desenfrena su ira y aunque no puede emitir ningún sonido en la escena, se concentra para intentar de alguna forma cambiar el destino de aquella joven mujer.

Michael, por insistencia, la logra despertar y la convence que se levante para festejar su llegada y hablar así de las penas. Luego de terminar de poner las cosas en una mesa, Michael le da una cerveza abierta y pone música, ella rechaza aquella bebida y él le saca una bebida nueva que Joseph sabe funcionara para emborracharla, porque el buen sabor camufla lo tóxica que es para la mente. Joseph sin poder hacer nada más que verla bajar al mundo de la ebriedad, mientras ella cuenta entre ironías y alegrías su vida hasta el día que se escapó y se fue donde Michael, entonces bastante resignada por la seguridad temporal, que da el licor, se pone a bailar mientras tomaba ya su segunda lata, se va corriendo al baño dejando la puerta abierta, activando aún más la malicia y curiosidad del primo de Joseph. Cuando regresa del baño, sonriente y bailando, por lo curvilíneo de su cuerpo cualquier movimiento que hace resalta su sensualidad natural, pero en un ser como Michael que siempre lee cualquier mensaje de la misma forma (la equivocada), hace que él se levante para sujetarla cuando la ve cayendo por los efectos del licor, ante aquella escena se reveló para Joseph lo que activó a Michael la ira que terminó en muerte, y fueron las palabras de ella: "Usted es mi mejor amigo", las cuales le cambiaron el semblante a aquel quien la pretendía sin conquistarla, palabras que lo hicieron llevarla a la fuerza a la habitación y tirarla en la cama, donde luego de lanzarse sobre ella e intentar besarla fue rechazado directamente confirmándole su fracaso ante aquella relación que soñó tener.

Joseph, quien no puede alejarse de ella a más de 2 metros, ve a Michael salir de la habitación muy molesto y tambaleante para luego regresar con un mecate, ve como él la amarra de pies y manos en forma de una "Ye invertida"; sus piernas abiertas al pie de la cama y sus brazos pegados atados de las muñecas y luego, al respaldar de la cama. Ella adormecida por el licor se pregunta para sí, si lo que está pasando es real, porque ve a Michael molesto, pero sonriente por ratos, le pregunta sobre lo que hace, pero no recibe respuesta, cae en lapsos oscuros, pero cuando regresa a la conciencia nota que sus pechos están totalmente descubiertos y su ropa destruida en la parte superior de su cuerpo, mientras siente a Michael descontrolado sobre ella lo que la hace gritar con todas sus fuerzas por ayuda y justo cuando lo hace ve venir a su cara un puñetazo de Michael, que la hace escuchar un pitido agudo e intenso seguido de un terrible dolor en su boca, esto la hace irse de nuevo a un lugar oscuro de su mente, noqueada.

Luego despierta por el chillido de una cinta transparente siendo cortada y nota que es Michael quien le está cubriendo con esta la boca, cosa que logra fácilmente hacer porque ella está indefensa, atada, cada vez que hace fuerza para salirse de esa situación siente un terrible ardor por la cuerda que le corta sus muñecas y tobillos, pero de igual forma su instinto de supervivencia la hace seguir luchando, mientras siente que su pantalón también es quitado de la misma forma que sus otras prendas, luego de esto, siente el frío de la habitación en sus piernas desnudas, las cuales usa para enganchar su calzón negro que termina también siendo retirado, dejando expuesto su sexo, ella ahora siente mucho terror.

Tiempo atrás, ella había escuchado por boca de su madre y de algunas tías sobre relatos de abusos e incluso, violaciones en las noticias, situaciones que le parecían horribles, pero fantasiosas o lejanas, ya que nunca se sintió en ambientes peligrosos o cerca de alguien que quisiera hacerle daño, pero en cambio esa noche, por lapsos lo veía surreal, crudo y cuando no la invadía la desesperación y el terror, se sentía culpable por estar ahí en ese lugar y totalmente arrepentida de haberse ido de casa, todas estas sensaciones juntas cambiándose por segundos entre una y otra, mientras aquel monstruo se posicionaba ya desnudo frente a ella.

Los monstruos de su infancia se parecían a los de las leyendas, los que ella creía se manifestaban con sombras y sonidos, esos que no le hacían daño cuando se cubría con las cobijas, pero que incluso debajo de ellas la hacían invocar a su dios repitiendo 3 veces su nombre. Pero ahí, desnuda, amarrada y aterrada ve a un monstruo real, de figura flaca y grasosa, enclenque y de piernas escuálidas por donde le cuelga en medio su sexualidad peluda y descuidada, la cual estira hacia el frente con su mano derecha, como intentando alargar su ego, el cual incluso en una situación así demuestra que está lleno de inseguridades, él se coloca arqueado sin tener contacto sobre Mariana, con sus brazos a cada lado de ella, intentando encontrar una posición que le permita ver su acto, mientras ella ahogándose del miedo llora e inhala con desesperación y fuerza aire por su nariz, ya que la cinta no le permite desahogar con gritos su angustia.

Ella piensa en su padre, quien sin dudarlo la ayudaría eliminando a aquel Michael que ella ya odia y al cual con todas sus fuerzas intenta evitar, pero no puede más que cortarse de peor manera sus extremidades con el mecate que la sujeta. Joseph entra en un máximo de odio y dolor al no poder actuar ante aquel ser y seguir obligado a sentir el miedo y sus propias disparadas reacciones por culpa de la maldición de los perros.

Pero justo en el momento cuando Mariana perdería por completo su inocencia, la puerta principal del apartamento suena y Michael se retira de la habitación rápidamente, Joseph recordando que en algún momento había logrado hacer reaccionar a Mariana en el pasado, grita con todas sus fuerzas al rostro de ella, pero su cuerpo físico está muy distante allá en el futuro y solo puede ver a Mariana calmarse, poco a poco, mientras pierde su mirada recordando a su familia, ella desea hacerle frente mil veces a la situación de la fotografía con los líderes religiosos que estar ahí, en su última situación. Michael se escucha hablar con alguien afuera y esto hace que ella se sacuda con todas sus fuerzas para ser escuchada, Joseph intenta calmarla, pero no es capaz de mover ni una partícula de polvo en aquella habitación, él por su lado también intenta pedir ayuda, pero no tiene aliados en aquella visión del pasado, entonces Mariana contrae con todas sus fuerzas el abdomen para intentar soltarse, pero entre más fuerza hace, más tenso se pone el mecate y precisamente en ese movimiento y con su boca tapada con la cinta, empieza a vomitar, perdiendo rápidamente la capacidad de respirar por la nariz, no había comido mucho, pero la bebida fue suficiente para crear el taponamiento de sus vías y sin poder ayudarse atada empieza a entrar en agonía, Joseph se congela de la desesperación y la ve caer poco a poco al vacío de la muerte. Ella por impulsos emite sonidos que le nacen en la boca de su estómago, como quejidos, mientras con sus ojos totalmente abiertos piensa en su hermano menor, lo imagina graduarse de biólogo marino y le suplica a su dios que por favor lo proteja porque ella ya no estará para él, le pide perdón a él, a

Luisito, mientras lo imagina llorando por la noticia de que ella murió y eso la destroza, porque le juró también que estaría con él para toda la vida y no quiere hacerlo sufrir por su causa.

Mariana aspira hacia sus pulmones aquel líquido amarillento y estando aún consciente, pero entrando en algún tipo de paz, recuerda a su madre abrazarla y decirle que se siente muy orgullosa de ella, recuerda a su padre también orgulloso de sí mismo cuando la vio abrir aquel celular que él le compró a su Marianita con gran esfuerzo y lo recordó decirle con voz chineada: "este es el mejor aparato de todos, tiene de todas las cosas que usan así con satélite y vieras, es de la marca del loco ese que se murió, el que era muy inteligente".

Ella llora nuevamente cuando siente que la vida se le va, mientras acepta que aquellas dos personas; sus padres, siempre la amaron cada uno a su manera, pero de forma pura y grandiosa, sus defectos y heridas manchaban la comunicación a veces, porque tenían las maldiciones más comunes probablemente, pero eran suyos, sus seres. De ellos pensaba en paz, necesitándolos aún más mientras se iba, no pudiendo recordar cuándo fue la última vez que le dijo a su padre que lo amaba y pudiendo recordar que aquel dinero que usó para irse de casa lo estaba ahorrando para comprarle a su madre un reloj de pulsera, uno delgado plateado con piedras hermosas falsas, que ella, su madre, deseaba tener, porque lo notó en su mirada brillante e ilusionada cuando caminaban frente a una joyería allá en su pueblo, sabía que ella nunca le pedía nada a su padre, pues prefería que él le comprara cosas a ellos dos -sus hijos- porque ella no podía hacerlo, ya que no tenía ingresos por ser ama de casa, pero Mariana ya no lo hará, no le comprará aquello a su madre y nuevamente, se arrepiente de haberse ido de casa.

Ella, pausada, luego de regresar de una oscuridad llena de paz, entra a la conciencia que está en esa habitación mientras ve a Michael con la cinta que le quitó de su boca en las manos de él, permitiéndole halar bocanadas de aire que la hacen sentir que puede luchar por su vida nuevamente e inmediatamente, por su juventud lucha, para no irse, mientras el monstruo se coloca nuevamente en una posición sobre ella para penetrarla, cuando lo ve olerse la mano izquierda y cambiar su rostro depravado a uno de mucha ira y como si fuese impulsado por la fuerza de un resorte la golpea en su estómago con un rotundo puñetazo. Ella que respiraba con dolor y dificultad, porque tenía sus pulmones con aquel líquido aún, recibe más golpes en la misma área, sacando de sus vías contaminación, pero también el aire que tanto apreciaba tener de vuelta, entonces ya con su boca descubierta y totalmente consciente por la adrenalina que le provocó el ataque y con un poco de estado de shock, empieza a repetir como si fuese llegar a ser oída:

- "¡Mami, mami, por favor, ayúdeme, mamá!"

Michael no disminuyó el ataque porque estaba prisionero en su ímpetu y propia cabeza, los gritos de ira que ofendían a aquella indefensa muchacha enmudecían su dulce voz, la cual se apagaba e iba de este mundo. Ya para cuando golpeaba su rostro de forma incansable, Mariana sin sentir dolor, lo ve levantarse de ella y liberar sus manos del mecate luego de haber intentado ahorcarla, dándole así la última esperanza de que tal vez pueda sobrevivir y se promete volver a casa, mientras más recuerdos de su familia la motivan, pero muy pocos segundos después de pensar eso, una faja en su cuello corta su respiración nuevamente y el movimiento de un lado a otro la hacen perder la conciencia, entonces sin dolor y mientras ve a su madre con su hermanito bebé en regazos nuevamente y siendo éste su último pensamiento, Mariana muere.

Joseph no puede soportar aquel dolor intenso, que nunca había sentido, pero no puede morir en el pasado. No comprende por qué sigue ahí viendo el cadáver de Mariana, mientras Michael; su primo, el que ahora él desea que haya sufrido mucho cuando luego del ataque del Jagter Pedro de María, los perros se alimentaron de su cuerpo cuando aún seguía vivo, mismo el cual en la visión que continua hablaba por teléfono con él mismo, con el Joseph cómplice de aquel día, el Joseph del pasado, a quien también odia.

El cuerpo de Mariana se enfría mientras Joseph lo ve lleno de emociones encontradas, porque está feliz de que el sufrimiento hubiese acabado, pero herido abismalmente, porque la amó con todo su ser durante el tiempo que vio su camino al final.

Imagina que deberá verse en complicidad con Michael actuando contra el cuerpo de ella, pero justamente ahí, en ese momento, ve el alma de ella, con su misma forma, levantarse de su cuerpo, y quedarse observando su propia humanidad inerte, Joseph confundido, porque sabe que el alma según había entendido se apagaba al morir el cuerpo físico, se queda observando a aquel ser angelical, que intenta tocar las propias manos y acomodar el propio cabello que en vida fueron suyos, mientras analiza y asume que está muerta.

Joseph, entendiendo poco a poco por la transparencia que consume aquella alma que la misma se apaga rato después de la muerte y no al mismo tiempo, y dándole un poco de paz, la ve tranquila y aunque él no tiene cuerpo de ningún tipo en aquella escena, se acerca y cuando lo hace, aquella alma, la de Mariana, la que se está apagando vuelve a verlo y curiosa le dice:

- ¿Quién eres?

Joseph incrédulo, porque siempre estuvo en una visión le responde: "¿Me puedes ver?"

Mariana: "¿Eres un ángel? Me enseñaron que despertaría en un paraíso.

Joseph: "Lo harás Mariana, estás muriendo aún".

Mariana: "Soy muy joven, por favor no lo permitas".

Joseph: "No puedo hacer nada al respecto, no soy quien te imaginas".

Mariana: "Permíteme ver a mi familia, a mi Luisito al menos".

Joseph: "Me enviaron aquí, no puedo hacer más que observar".

Mariana que cada vez estaba menos visible y se le notaba mucho más su estado próximo de inexistencia, le dijo: "¿porque a mí? Por favor, ayúdeme".

Joseph quien se escuchó a sí mismo en la entrada del apartamento hablando con Michael y viendo que Mariana se estaba apagando intenta aprovechar y le dice: "Mariana por favor perdóneme, le suplico de corazón que lo haga, yo pude darle paz a su familia, llevar su cuerpo a un lugar digno con ellos".

Mariana extinguiéndose en sus últimas partículas de luz le agrega: "Pero ¿quién eres?" Cuando de repente a la habitación entra el Joseph antiguo, el de cuerpo orgánico, el cómplice de su primo y solo entra a ver el cadáver que está en la cama, dándole a ella, el alma de la joven, la sensación de que tal vez intentaría regresarla a la vida o llamar a alguien que la ayudara, pero no fue así, entonces muy desesperada se agita entendiendo que esto no ocurrirá, entendiendo que su cuerpo nunca más estará cerca de sus seres amados, porque al ver a aquel hombre que entró hacerse el indiferente ella le grita a aquella silueta con la que reclamando su falta de respuesta: "Pero, ¿quién eres?", él solamente le responde: "Perdóname", apagándose ella totalmente, sin dar una respuesta a la solicitud de él.

Con la sensación de que cae a un abismo, Joseph regresa al presente, sujetado de sus manos a los cuellos de aquellos perros, allá, en aquel jardín de rosas blancas, luego de haber visto hasta el último instante del alma de Mariana. Muy lleno de vitalidad, pero muchísimo más lleno de arrepentimiento, llora amargamente, mientras de nuevo aparece aquel dios gigante frente a él y le dice:

- "Esta es la única forma en que entenderías, bienvenido de vuelta, Jagter"

Joseph con una voz potente: "¿Por qué Mariana me habló hoy?"

Kadju: "Vaya que preguntas todo, pero bueno, solo los cuerpos físicos, la materia en sí es afectada por el tiempo, lo demás no está en este plano", mientras hace un nuevo chasquido provocando que los perros se separen aún mas de él, cosa que hace que las cadenas se despeguen de estos y como si tuviesen vida, las cadenas se clavan en cada lado del torso de Joseph, completando su transformación a un nuevo Jagter, Joseph grita mientras aquello ocurre y Kadju detenido a unos 10 metros de él espera a que se calme y luego, le agrega diciendo:

"Tendrás que cazar a cada asesino que haya logrado escapar dejando el espíritu de su víctima atascado a este mundo, debes paralizar su cuerpo con alguno de tus aguijones, clavándolo en su pecho, eso si, no lo introduzcas mucho, para que su agonía sea más larga y así, paralizado, reviviendo y sintiendo la vida que quitó o ayudó a quitar, luego, cuando empiece a agonizar debes liberar de la maldición de Allat a los perros de la zona donde se encuentren, para que sus almas regresen a los instintos básicos y devoren a tu presa, a tu condenado".

Jagter Joseph: "Quiero hacer lo que me pides y más, quiero vengar a cada alma apagada, lo quiero hacer más allá que solo por liberar su espíritu y no quiero que nada me detenga por eso estoy a tus órdenes, mi dios".

Kadju sorprendido: "Vaya que eres especial, nunca había escuchado a un nuevo Jagter ponerse voluntariamente a mis órdenes. Bueno, entonces te divertirás, este lugar rápidamente se está llenado de muertes injustas, incluso ya hay espíritus por los que debes iniciar".

Nuevo Jagter: "Solo quiero pedirte dos cosas, solo eso y seré

Jagter por la eternidad".

Kadju con gesto resignado: "Me extrañaba que alguien como tú se sometiera sin pedir nada a cambio, no estoy obligado a darte nada, pero dime ¿qué será? Y lo pensaré al menos".

Nuevo Jagter: "Déjame estar aquí una noche más, en este jardín, sé que la energía de Mariana, la que está aquí ya empezó a regresar al gran espíritu, pero necesito reparar a mi manera mi complicidad".

Kadju: "No me parece mal, no acostumbro a hacer estas cosas, pero hazlo, ya el precio de su asesinato fue pagado de todas formas", pero, mientras agachaba un poco la cabeza y pensativo, regresa su mirada al Jagter y le dice: "¿Y la segunda petición?".

Nuevo Jagter: "Quiero que conserves uno de mis aguijones, no quiero que ninguna de mis presas tenga la opción de ser perdonado por culpa de una Kahina".

Kadju quien nuevamente se rió a carcajadas y ahora bastante empático con el nuevo Jagter le dice: "No eres un Jagter normal, eres una especie nueva, mejorada por tanta basura que se ve en los tiempos modernos supongo, ¡claro, dámelo!", mientras extiende su mano y el aguijón junto a la cadena derecha sale de su carne y vuela hasta la gigante mano del dios, este lo ve y continúa hablando: "Eres el primero de tu tipo, pero te aseguro que no el ultimo, así que no serás un simple Jagter, serás un Ragter".

El Ragter sin tomar importancia a aquello, se sienta en medio del jardín de rosas blancas y en una posición como de meditación se queda callado mientras Kadju quien parece que ya se va le agrega esto:

"El espíritu de un niño asesinado por su madre pide tu ayuda, mañana una bruja real te llevará a donde está su cuerpo y energía…" y dándole la espalda despega hacia el cielo como un destello y desaparece. El Ragter lo escucha, pero no hace más que quedarse en la posición adoptada y una vez que se sabe completamente solo, sin que nadie lo obligase a ver o recordar, empieza a pensar en Mariana, en quien era, en quien hubiese sido, soporta el llanto mientras lo hace, mientras sufre por el recuerdo de ella, lo hace hasta la madrugada, pagando según él su condena con ella. Luego, busca con su mirada una rosa de esas blancas que lo rodean, busca la mejor, busca la más llena de vida, la encuentra, se levanta y la arranca, lo hace con todo y raíz, se lleva toda la planta a sus manos, lo hace con delicadeza, la observa un momento y se despide de aquel lugar caminando y de la forma en que viaja un Ragter, llega frente a la casa de Mariana a cientos de kilómetros de donde estaba, puede percibir -gracias a sus poderes- el dolor de la familia que aún no sabe que fue de ella, entonces entra a la propiedad y se dirige donde recuerda habían caído las lágrimas de Mariana antes de brincar el muro, en ese momento se da cuenta que es observado por Luisito desde la ventana, niño que miraba todas las noches desde ahí, esperando el regreso de su hermana, el cual solamente lo mira sin moverse, entonces el Ragter siembra la rosa, aquella hermosa rosa blanca que sabe que contiene su recuerdo y la verdad. La observa agachado por un instante, se levanta y antes de irse, con una voz baja y dejando caer una única lágrima en el mismo lugar, dice:

"¡Ay Mariana!"

FIN

Made in the USA
Columbia, SC
29 October 2024

44962872R00098